GROWING UP IS
A BEAUTIFUL
PAIN
III

青春難為

因此我們

學會對愛掠奪

青色愛情：10

III：青春難為：因此我們學會對愛掠奪

著　　者　夏嵐
出 版 者　大拓文化事業有限公司
執行編輯　陳竹蕾
美術編輯　蕭若辰

總 經 銷　永續圖書有限公司
劃撥帳號　18669219
地　　址　22103 新北市汐止區大同路三段一九十四號九樓之一
TEL　（〇二）八六四七—三六六三
FAX　（〇二）八六四七—三六六〇
E-mail　yungjiuh@ms45.hinet.net
網　　址　www.foreverbooks.com.tw

CVS代理　美璟文化有限公司
TEL　（〇二）二七二三—九九六八
FAX　（〇二）二七二三—九六六八
法律顧問　方圓法律事務所　涂成樞律師
出 版 日◇二〇一五年六月

國家圖書館出版品預行編目資料

青春難為. III, 因此我們學會對愛掠奪 / 夏嵐著.
-- 初版. -- 新北市 : 大拓文化, 民104.06
面 ;　公分. -- (青色愛情系列 ; 10)
ISBN 978-986-411-006-3(平裝)

857.7　　104006137

目錄
CONTENTS

01. 單身不好嗎

二十九歲的芮琦坐在醫院的一樓大廳，優雅地踩著淺藕色低跟鞋，神情浮躁地左顧右盼。內彎髮型的她看起來甜美出眾，疲倦的輕熟女淚溝卻稍微洩漏了自己的年紀。

比起好朋友的第一個小孩出世，更讓她緊張的是即將和那群六七年沒見的大學同班同學見面。

今天探望的主角，本該是芮琦大學時的好友麗麗，芮琦到醫院前就問了房號，但卻在臉書上看到一群過去不太熟的同學也約好要一起去，爲了怕分批探視會打擾到產婦麗麗，芮琦認爲自己還是跟大家一同探視比較好。

芮琦提著嬰幼兒精品的紙袋，嘆了口氣。

「那群人……從以前就很愛遲到，我看我還是自己先上樓吧！」她本來想好心地傳簡訊告知他們房號後就上樓，但一來怕浪費簡訊錢，二來又怕無法和其他人碰頭，只好繼續留在一樓等待。

等等露面的預計會是凱希、阿萍與小她們兩屆的學妹筱安，凱希是個心直口快的大小姐，從大學時代同班開始，芮琦就默默隱忍她的遲到習慣與壞脾氣。芮琦之所以擅長忍耐和凡事以和為貴，是她那中規中矩的小康家庭教育出來的。畢業後芮琦就去唸了研究所，之後直接在老家的小型廣告公司就業，算算也有好幾年沒看到凱希了。至於阿萍、筱安，一個是同學，一個是學妹，回憶雖少，但印象都比凱希好。

「希望別集體遲到啊！又沒人逼妳們來探視……」跟好友麗麗約好的時間已過了十分鐘，探視團卻只有自己一人先到，重視禮儀的芮琦怒火中燒，煩躁地撩了撩側分的黑色直髮。

外表看起來氣質出眾的她，其實是喜歡主持正義的火象星座，看不慣的事情要她只能「放心裡」，已經是修養很好了。

「啊！在那裡！」一群打扮入時的妙齡女子踩著高跟鞋，喀拉喀拉地跑進大廳。染著紅髮的凱希一眼就瞥見芮琦，張開手臂，邊尖叫邊衝過來。「哇！好久不見啦！妳變好美喔！」

芮琦吃了一驚，自己什麼時候跟凱希這麼熟了，還有那句「變好美」，難道是在說她以前不夠好看嗎？還來不及做出反應，凱希已經抱了上來。名牌香水味撲鼻而至，濃郁華麗，就跟她這個人一樣。

芮琦任凱希抱了又鬆手，只是乾笑了一聲。

「謝謝，妳也很美。」

「哪有啊！哈哈哈！來，妳認得吧？」凱希指著身後的兩位，芮琦隨後微笑地叫出她們的名字，三人打了招呼。

阿萍依舊是以前那個戴著黑框眼鏡的中性女孩，今天穿了件素白T恤配民族風花褲。小她們兩屆的學妹筱安則是留著一頭甜美可愛的捲髮，年紀雖已二十六或二十七了，卻仍是大學生的打扮，素灰蓬蓬圓裙配粉藍色針織外套。

大家手上都提著大包小包，很顯然是有備而來。在搭電梯上樓時，大家也七嘴八舌的談論著彼此買了什麼。

「我買了嬰兒用的有機棉浴巾，雖然這種東西他們一定有準備了，但還是多幾條替換比較好。」天真的筱安率先回答。

「我是買防抓手套跟嬰兒小鞋，超可愛的喔！」阿萍開心的說。

「那妳呢？妳買了什麼？」凱希好奇的模樣，讓芮琦有種被對方設下陷阱的感覺。

不管自己回答什麼，凱希一定都會趁機炫耀自己送的禮物最好。

「就當是祕密囉！」芮琦微笑回答。

「哎唷！幹麼不講啦！真無聊！」凱希笑著批判道，轉頭望著其他女孩，彷彿在徵詢認同。「那妳們猜猜我買了什麼？」

「不知道。」芮琦真希望這場電梯內的冗長對話能趕快停止，沒想到另外兩位女孩仍沒心機地猜著，看到凱希一臉得意的樣子，芮琦只能惱怒在心。

「哎唷！都不是啦！我買的是K牌的純天然嬰兒按摩精油，這個牌子只有美國有，我特地請人購買的！還可以防止過敏。」

「沒聽過嬰兒也需要按摩耶……餵奶和洗屁屁都來不及了。」阿萍大開眼界地說。

「按摩很重要的喔！」凱希優雅地笑著解說道：「這款精油適合使用在嬰兒肌膚，按對地方還可以安定神經，不會一直哭鬧。」

「小嬰兒哭鬧應該算正常吧！畢竟也是情緒成長和表達自己訴求的一部份！」芮琦忍住想翻白眼的衝動，提醒自己，凱希不是今天的主角，好友麗麗才是。

「嗨！我們來了！」四人輕手輕腳地緩步進入產婦的病房。麗麗住的是雙人病房，另一位產婦正拉起布簾在休息，因此麗麗也柔聲地坐起身，怕打擾到別人。

「哇……妳們運氣很好，我家寶貝剛被護士抱來給我餵奶，現在剛好醒著呢！」麗麗的素顏有些狼狽，但抱著可愛嬰孩的她，渾身散發出柔美的慈母光輝。當芮琦看見小嬰兒的純真神情時，有股落淚的衝動。

「生命真的好神奇……」她喃喃自語。

「好可愛！好小！」其他同學也紛紛湊近嬰孩身旁，望著這個包裹在綿羊造型毯中的圓潤小生命。

「大家最近都還好嗎？我跟芮琦半年前才見過，阿萍我也在三年前的同學會上見過，凱希、筱安則是好久沒見了，從畢業典禮那天之後就沒看過了！」麗麗知性又幽默的語氣，讓這些大女孩們露出舒心的笑容。她就像悶熱夏日中的一陣微風，總是那麼自然又體貼，這也是芮琦敬佩麗麗的原因之一。

這樣的麗麗，早在大學時代就有交往已久的男友，但在就職的第一年就因爲女方劈腿而斷然分手。原本芮琦曾經不看好他們，但麗麗卻過得很幸福。能夠在二十八九歲這樣有些歷練、又不顯得太成熟的年紀，風風光光地結婚、生子，芮琦真心羨慕麗麗。

「從高三痛苦念書的時期開始，除了想考上喜歡的大學校系之外，我最希望能在大學一畢業時就結婚，享受早婚的幸福。雖然麗麗不算早婚，但也比我早很多了……」已經單身十年的芮琦，曾經讓心情跟著星座戀愛運勢起起伏伏，但現在的她，卻有種無所適從的感覺，既覺得單身也無妨，卻又容易羨慕他人的幸福。

就在眾人忙著逗弄嬰兒、遞上自己帶來的禮物時，麗麗爽朗地往芮琦的手點了一下。

「怎麼啦？小可愛！」

「沒什麼……只是覺得很羨慕妳！」芮琦憨厚一笑。

「羨慕什麼！馬上就要面臨睡不飽，每隔三小時就要爬起來餵奶的地獄了啦！」麗麗仍幽默地反過來安撫芮琦，被她這麼一說，芮琦反而覺得自己真的是既幼稚又不惜福。

「單身就單身嘛！我看妳的臉書也是常跟男孩子出去玩啊！活得比我這個家庭主婦精彩呢！我才是羨慕妳呢！」麗麗笑道，芮琦本想反駁，但麗麗已經轉頭過去與朋友們交談，向帶來禮物的她們頻頻道謝。

芮琦並不希望自己被麗麗羨慕，但心底確實有一塊角落覺得自己的生活方式被認同了，感覺暖暖的。其實臉書上的那些男孩子，大多也是先前去聽獨立音樂時認識的，一年半載才見一次，所以才會每每見面都要合照留念。他們雖然外表帥氣又好相處，但哪個沒有穩定交往中的女友呢？

等來等去，都輪不到自己。

想著、想著，芮琦的情緒又低落了下來。她真不知道自己怎麼搞的，原本該來探視產婦朋友與美麗的小嬰兒，卻因爲自己的比較心態而頻頻分心。

「我遲早也會生出這麼可愛的小孩吧！會有人願意跟我生吧……」她撫摸著小嬰兒柔軟的小手，努力讓自己打起精神。

單身久了，無力感是必然的。芮琦當然喜歡享受單身生活的無拘無束，也不想浪費時間與金錢在約會上。但她已快逼近三十大關了，每次家族聚會或過年過節都會被親友關心，家長也總是一副彷彿自家女兒有缺陷的態度，這種旁枝末節的小事，才是傷芮琦最深的。

「今天怎麼淨是想自己的事！我真是個糟糕的朋友！」芮琦試著在麗麗的幫助下輕輕托住嬰兒的小身體，感受她在掌中的溫暖與重量。

溫暖的陽光透進窗簾，灑落在她和嬰兒的側臉上。芮琦感覺時間彷彿暫停在這一刻。

雖然眼前的嬰兒不是她的孩子，芮琦的體內卻湧起了一股悸動。

她這才發現，自己真的是屬於迫不及待想要小孩的那種女性。

護士將孩子帶回育嬰室統一照顧，由於麗麗身體還很虛弱，不宜探視太久，一行人待了二十幾分鐘就離開。

「大家吃晚餐了沒?附近有間焗烤餐廳很好吃，要不要一起去試試？」

阿萍推著眼鏡，亮出手機軟體建議的鄰近餐廳資訊，恰巧芮琦方才下班就直接趕過來，餓得都要胃痛了，所以就爽快的答應了。

「好啊！偶爾吃點平價的焗烤也不錯！」凱希話裡不曉得在暗示什麼，竟然也準備要跟去，讓芮琦有掃興的預感。

學妹筱安則說還要回男友的老家，跟大家道別之後就先離開了。

焗烤餐廳的價位大約兩三百元，餐點美味，芮琦點的是焗麵與焗洋芋的混搭拼盤，她試著將心思放在眼前的餐點，而不是凱希吹噓的美食經。

「我爸旗下的義大利餐廳最近來了位帥主廚，妳們真該嘗嘗他的手藝！」

「哇！好酷喔！很帥嗎？台灣人？外國人？」阿萍傻乎乎地追著凱希的話題，讓芮琦感到有些氣餒。

「根本不需要搭腔的啊！她只是在炫耀而已。」芮琦正這麼想時，凱希卻把矛頭對準了她。

「芮琦，妳是不是心情不好？」

「我……我沒有啊！」

凱希露出一臉稀奇的模樣，點了點頭。

「那就好了，哈！我看妳的臉書上頭很多采多姿嘛！都可以常常跟帥哥合照，好像還認識很多玩樂團的人？」

芮琦才不怕凱希這種打探口風的態度，只是笑了笑。

「還好啦！他們都是聽音樂時認識的，我也沒有很常去聽，幾個月去一次，難得遇到老朋友，就拍照留念而已。」

「所以……妳單身嗎？」凱希瞪大眼睛。「我還以為妳有男朋友耶！感覺桃花好旺！」

「對啊！我也這麼覺得。」阿萍也接話。

芮琦驚訝地擺了擺手。「我單身呀！桃花運真的還好，不過，我不需要桃花運多旺，只要遇到一個對的，就夠了。」

「好清純的答案，是吧？」凱希看向阿萍，兩人用稀奇的眼光望著芮琦。

「那妳們呢？」芮琦為了怕話題只在自己這裡打轉，就順口問：「單身嗎？還是也要結婚了呢？」

此時，隨餐飲料來了，男店員低頭一一爲她們放上杯墊，順手收拾著桌邊的面紙。

「我就老樣子囉！跟男友繼續交往，他目前在英國念博士，暫時不打算結婚。」阿萍回答。

凱希則有些不甘願地想了一下，才慢條斯理地說：「我目前也是單身，不過有喜歡的人，正在積極追求中。」

「加油耶！」芮琦真心希望她趕快遇到對的人結婚，別硬要闖進她的姐妹圈。

「那你呢？」忽然間，凱希抬頭望著正替她們打理餐桌的男店員，微笑道：「我們剛剛在討論單身的話題，我和她都單身，那你呢？單身嗎？」

不只男店員愣住了，阿萍與芮琦也沒料到凱希會擺出如此輕盈又挑逗的神情，去探問一個陌生人的隱私。

芮琦也認為這位男店員非常帥氣，她方才也偷瞄了對方好幾下，想不到凱希已經先出手了。

「我有女友。」男店員靦腆地回答，但看得出來對凱希有些心動，又不希望把氣氛鬧僵，特別露出紳士的笑容回應。

「哎唷！可惜。」凱希對芮琦與阿萍吐了吐舌頭。「哈！不好意思打擾你工作了。」

「不會。」男店員離開後，還偷偷在櫃臺瞄了舉止大方的凱希幾眼。

芮琦本來對那個男店員也挺有意思的，畢竟他眉宇間散發出一股現代男人罕見的正氣，像是武俠小說的少年般眉清目秀，上菜時的手腕線條十分俐落好看，身形不薄不厚，卻不失健美。不過，聽到這樣的男孩子親口說自己不是單身，芮琦反倒鬆了口氣。帥哥死會，總比被凱希這樣的女人勾走的好。

「不過……」芮琦默默想道：「雖是女人，但看見凱希問店員是否單身的那種自信又隨性的模樣，還真有幾分魅力。」

在情場上，凱希本來就不是省油的燈。芮琦還記得她們大一時，凱希就經常夜不歸宿，把校園中幾個知名的人氣學長玩弄在掌心，當然，也包含芮琦偷偷暗戀過的一位英文系學長。

她對凱希的厭惡，大概就是在那時埋下了種子，根深蒂固了。

在芮琦不禁陷於當年的回憶時，餐桌這頭，阿萍與凱希聊著倒追的話題。

「每次用力倒追男人的時候，我都會有種矛盾感，覺得自己幹嘛這麼累？爲什麼硬要花時間和金錢重新讓一個人認識我……單身不好嗎？每天吃飽就睡，爲的都是自己，也不必掛念他愛不愛我這種鳥事。」凱希皺眉。

「我懂。」芮琦也不禁認真附和道。「不過……單身太久了，還是會想換種生活型態吧！現在的生活圈其實很小，認識不到什麼新對象。」

「要不然，我給妳介紹吧？」凱希忽然瞪大眼睛，一副瞭然於心的模樣。

「我的生活圈一點都不小，各形各色的人都有呢！妳喜歡什麼類型的？」

「我……」芮琦這才發現自己又落入了凱希的話題坑裡。

本該立刻回絕，芮琦聽了心底倒是有點癢癢的，畢竟這單身的十年來都靠自己單打獨鬥地努力，爲什麼不讓朋友牽點線呢？

但看到凱希露出那種狐媚樣，芮琦又覺得自己將成爲她玩弄於股掌的一顆棋子……

「很好啊！爲什麼不試試看啊？凱希的生活圈真的不小喔！畢竟是千金小姐嘛！」阿萍在一旁敲邊鼓，她早有男友，根本不必爲這種事費心，只要出一張嘴就好。

「哪是什麼千金小姐。」凱希得意又故作大方地笑了笑。「不過，幫忙牽幾條線不成問題。」

芮琦望望凱希，又看向方才宣稱已經死會的櫃臺服務生，終於心一橫。

「好啊！反正頂多沒話聊，彼此也不會少塊肉，妳簡單介紹一兩位給我就好，剩下的就看我自己的造化啦！」芮琦自嘲完，露出真誠的笑容。

從這刻起，她還真的打從心底期待凱希會掏出什麼壓箱寶。

單身沒有不好，但她這十年花了太多時間在暗戀、曖昧、打迷糊仗，已經太久沒嘗過兩情相悅的感覺了，又怎麼知道戀愛不會比單身更好？

「真的麻煩妳了！」芮琦意識過來時，自己已經舉起手朝凱希輕拜了一下，如狸貓般傻笑。

02. 先認真就輸了

從醫院探視回來已經過了一週，芮琦回到自己的生活中，過著生活圈極小的日子。這或許是上班族的通病，平日很難認識什麼新對象，一旦遇上了，又要對方沒家室、沒女友，並且還要對自己有意思，真的是難上加難。

「哼……凱希那傢伙，該不會是說說而已吧？從以前就愛耍嘴皮！難道不知道該爲自己的言行負責嗎？」芮琦每天都會點開凱希的臉書，看她最近又發了一些吃吃喝喝的照片，應該不至於會忙到忘記幫自己介紹對象吧？

「我該提醒她嗎？該怎麼說呢？會不會顯得我很飢渴？」芮琦其實只是很氣凱希在大家面前信口開河，事後卻裝作沒事的態度。

「不管，我一定要她負責！哪怕她丟個又醜個性又差的傢伙來，我也不怕啊！只是希望她能說到做到，如此而已！」越想越氣，等到中午休息時間，芮琦邊吃便當邊點開臉書訊息。

「嘿！那天說好要幫我介紹的耶！不要忘記囉！」她打字完又想道：「用這種輕鬆的語氣應該比較好吧？」

沒馬上等到回覆也無妨，反正過了兩天再沒消息，芮琦自知到時候再生氣也不遲。對於小地方，芮琦總有莫名的執著，一想到凱希那種趾高氣昂的嘴臉，芮琦更覺得自己不能輕易放過她。

午飯吃完，在桌上趴了一下，芮琦又繼續上工。芮琦待的公司是小型的在地廣告公司，負責處理當地電視頻道業者製播的低成本廣告，舉凡賣房子、新餐廳開幕、按摩椅等業務，都由她們承包拍攝；芮琦自己還遇過模特兒不足暫時「下海」的狀況。

當然，這並不是特別光鮮亮麗的工作，一個月三萬初，偶爾要加班，但對於留在家鄉與父母同住的芮琦而言，選擇這種當地的小公司也沒有什麼不好。

「雖然我們不是那種國際大公司，案主預算少，做出來的東西難免質感較差，但一分錢一分貨啊！我們的存在也是非常必要的。」只是，因為就職於沒什麼人聽過的小公司，所以芮琦不是很願意主動提起工作的事。工作對她而言，就只是工作，跟人生的夢想無關。

芮琦曾經的夢想，就是嫁為人妻、相夫教子。畢竟自己的媽媽就是一名溫暖又能幹的家庭主婦，一手帶大芮琦三姐妹，看在芮琦的眼底，身為全職主婦的媽媽，是全世界最偉大的人。

「如果可以，我希望能像麗麗那樣，找到好對象，幸福的生個蜜月寶寶。」腦袋跑出這個念頭時，芮琦的上司黃姐剛好在辦公室朝她招了招手。

「黃姐，妳找我呀？」

「是啊！有一個案子想給妳負責，剛好也挺符合妳的年齡。」黃姐拿出幾張薄薄的廣告文案。「這是專門湊合園區工程師的婚姻媒合服務，也就是以相親結婚為訴求的公司，最近才剛要在這裡落腳，會製作平面和十五秒鐘的電視廣告，我想都交給妳負責。希望妳能把原本老派，且讓人厭惡的相親，包裝成找到真愛的機會之類的。」

芮琦晴天霹靂，只覺得有些不開心。難道自己在黃姐的眼中，已是該爲結婚著急的女人嗎？

「黃姐沒惡意，只是想讓我磨練而已。」心念一轉，芮琦抱著資料回座，她想起過去幾個不愉快的相親經驗。

芮琦並不是頑固的女孩，在出社會這麼多年後，她意識到自己已經很難有管道認識新對象，所以連去中醫診所看病時，都會特別打扮一番。

去拿了幾次藥，開始有婆婆媽媽看她漂亮、笑容甜美，主動說要介紹對象。大概知道對方是正經人物之後，芮琦也不忌諱留下自己的臉書。

「給妳兒子看看吧！他應該不會感興趣！」芮琦總會自嘲一番。然而，還真的有人上網看了芮琦的臉書，轉告母親要拒絕。

「不好意思，我兒子說，妳看起來太漂亮、太會玩了。他人醜，對自己沒自信，因此妳可能不適合他。」

「一開始也是妳纏著我要資料，我才給的。看了幾張照片就開始評頭論足，還說我很會玩？」當時，芮琦本來想打對方一巴掌，最後也只好算了，無奈的離去。

雖然至少已遇到兩次這樣的狀況，但芮琦實在不覺得臉書上放自己的自拍照有什麼不對。她學到的經驗是少跟這種生活沒重心，且只想替年輕人作媒的中年白目陌生人打交道。

後來，阿姨又介紹了一個不錯的對象來，而這個對象據說還是媽媽去爭取的。

「哼！妳阿姨就是小氣，自己家女兒不要的對象，才說要介紹給我。這個男生聽起來不錯，我以前就對他很感興趣，現在可終於輪到我們了，妳一定要認真跟對方見面喔！」

看到媽媽這麼期待，爲了婚事不惜與阿姨一下冷戰一下求和，芮琦也只好去相親了。

他們見了兩次，對方反應冷淡，話不投機，也自然沒下文了。

芮琦也跟爸爸介紹的同事兒子見過面，而對方早有女友，因爲推託不了，才來赴約。

一連幾次不愉快的「被介紹」經驗，讓芮琦對手上這個新案子感到頭大。

「唉！不如就從大家對電話聯誼、相親介紹這種廣告手法的負面形象開始，想想消費者討厭哪些刻板印象好了。」芮琦念頭一轉，在紙上振筆疾書。

※※

木造的開放辦公室隔間中，一群半裸的男模特兒正更衣準備拍試鏡照，凱希望了一眼剛跳出的電腦視窗。

「什麼嘛！原來是那個傢伙……有這麼缺喔?很怕我不幫她介紹嗎?」

凱希看見芮琦的訊息，翻了翻白眼。

任職於模特兒事務所的凱希，每天過著忙碌而絢爛的生活。從大學念書時期開始，當大家都還在看校園系時裝雜誌時，凱希就已經抱著柯夢波丹等高端時尚雜誌了。自詡不凡的她，一畢業就找了幾間網拍公司擔任編輯，之後又透過爸爸熟人的介紹，從大雜誌的實習編輯開始做起，無奈自己企劃力普通，最後還是在試用期被刷掉。凱希不死心，憑著自己的努力，終於找到了這間聲望頗高的模特兒事務所，以新人姿態做起。

「不好意思，等一下可能要裸上身，正面、側面各一張。」她一一朝後方排隊的男模特兒遞上試鏡資料表，又忙著給他們發瓶裝水與筆，還要蹲下來將模特兒的臭鞋子排好。雖然看似忙亂，外型姣好的凱希，卻仍不忘和幾個眼神圍著她轉的男模送送秋波。

雖然薪水不到25K，但這樣的工作既充實又不失精彩，家境優渥的凱希，有爸爸的信用卡可以當作日常生活開支使用，自然也不在意薪水高低，而是以有品質的工作爲優先考量。

不過，這次與芮琦的巧遇，倒讓凱希想起大學時的自己。當時她對於老是努力於書卷獎的芮琦有些敬而遠之，看到她被每個老師掛在嘴上稱讚，凱希常常都不是滋味。

原本以爲這樣的芮琦應該會一直走在人生預設的軌道上，找到好工作和嫁給個好人家，目前卻是表現平平。凱希並沒有嘲笑的意思，只是難得看到芮琦也有計畫失敗的一面，反倒覺得彼此的距離又更近了些。

如果雙方之後能有什麼生活上的交集，凱希倒也不怎麼排斥。

「不過，說要介紹對象，我只是開玩笑的，誰知道她這麼認真……看來是真的很想交男友吧？」凱希最長的感情空窗期爲兩年，當時簡直痛不欲生，何況標準頗高的芮琦，從沒聽過她主動談過男友的事情。

「或許真的一直都沒對象吧！我還是行行好，幫一下吧！」凱希意識起這件事之後，決定積極處理，省得三天兩頭被煩，並且讓老同學留下壞印象。

她先回訊息道：「好，我馬上幫妳物色！晚點直接讓你們加臉書！」

隨後，凱希放眼望去，在明亮的開放式辦公室中物色人選。

「嘿！羅杰，你有女友嗎？」她隨口問攝影棚外圍的攝影助理。他是個戴著粗框眼鏡的斯文男。

「沒……沒有，怎麼忽然問這個？」

「我可以幫你介紹嗎？我有個同學一直纏著我幫她介紹啦！」凱希隨性地據實以答。「放心，互加臉書隨便聊幾句就可以了，沒興趣的話不用理她，不勉強你。」

「哦……隨便聊幾句……這樣不好吧？」羅杰屏住呼吸想了一下。「我先看一下她的照片吧？」

「還挑喔？女方都沒看過你的照片，你卻喊著要先看……」凱希隨口虧道，心底覺得先對女孩子評頭論足才決定要不要加臉書，挺不公平的。

「那就不看吧！妳直接貼她的臉書給我吧！」羅杰怕事的嘆了口氣。「我直接加就是了！」

「嗯！好，謝啦！」凱希抓著從男模們那裡回收的資料表，開朗的點了個頭離開。

「任務完成，我這個人做事最討厭拖拖拉拉的。」凱希覺得羅杰清秀認真，倒也是不錯的對象，立刻傳網址給芮琦。

「哇！謝謝妳喔！真的謝謝！」芮琦真摯的回覆，這讓凱希反倒有些不好意思，畢竟是自己主動說要介紹的，還等對方提醒好幾次才完成任務。

「祝福你們啦！」凱希回覆完，轉頭去忙。說真的，她一點也不在意芮琦與羅杰之後的發展，反正眼前還有這麼多對象可以選。凱希禮貌地注視著周遭排隊等拍試鏡照的男模，繼續回收他們填寫的資料表。

其中有個男孩竟然大剌剌地將自己的LINE寫在資料表的背面。「希望有機會一起出來玩喔！」他迷人地對凱希一笑，凱希也不甘示弱地綻放出美豔的笑容。

「哈哈！好喔！」不痛不癢地回完話，凱希瀟灑地轉身回座，留下隊伍中惆悵的男模。

在模特兒事務所工作，每天面對的都是外表姣好的男孩和女孩，本身就自信滿滿的凱希，更從他們身上學到那股耀眼的氣勢。

至於凱希喜不喜歡方才那個男孩子呢？除了臉蛋不是她喜愛的類型，身高和肩膀的厚度倒是挺完美的，如果被對方抱在懷裡，或許會覺得很有優越感吧？

有時候，比起耐看的事物，能讓女人從心底感到自信又安心的事物才是重點。自從談了幾段浪漫卻沒有結尾的感情之後，凱希對於愛情也變得務實起來，不再飢不擇食。

說真的，凱希一度認爲自己也該是披上嫁衣的時候了。她從小就意識到自己是富二代，所以職場上因她身世好而接近她的男人當然大有人在，對他們而言凱希本身的人格價值，彷彿不那麼重要。

「希望對方不是因爲我的爸媽才想娶我！」有了這點認知，凱希也成爲了「謝絕爸媽等長輩介紹相親」的一族。自從成年之後，她幾乎不再陪爸媽參加社交聚會，以免又「被介紹」、「被湊對」，彷彿自己也是爸媽談生意時的籌碼。看完專門討論富家千金少爺愛情世界的韓劇「繼承者」，凱希倒真心希望自己能夠談一場轟轟烈烈的愛情。可惜，她交往過的男人不是急著想娶她，就是蜻蜓點水地愛玩愛鬧，完全沒嫁娶的意思，搞到後來，凱希也不知道自己要什麼了。有時候，她還真希望自己只是個普通的女孩，像芮琦那樣無憂無慮，過著平凡的生活。

「那麼期待我幫她介紹對象……其實芮琦並沒有我想像中那麼挑剔嘛！這點就跟我很不一樣了。」凱希想著想著，決定要繼續追蹤芮琦的戀愛進度。

或許一方面，也是想給自己打氣吧！

「如果向身旁的閨蜜抱怨自己身處於模特兒事務所，卻不想隨便跟帥哥交往，一定會被討厭的！」凱希想起那票富家姐妹，聳了聳肩。畢竟自己跟她們是不一樣的。

那群姐妹不是在跟小開、富二代交往，就是與男明星約會了好幾年，戰功彪炳，隨時嫁掉都不意外。跟她們比起來，在愛情世界中載浮載沉的凱希，深深覺得自己很命苦。

「今天不是有R牌和S牌的人要來嗎？聯絡好了嗎？」女總監忽然過來問話，言談中都是台灣首屈一指的潮男街頭品牌，凱希連忙回到工作的世界。

「有，我聯絡好了，等下就去樓下接他們。」

凱希作夢也沒想到，一下樓就看到R牌的品牌店員Z站在樓下，Z戴著嘻哈帽，臉龐有著令人舒服的氣質。

他正是凱希曾經暗戀三年的對象。

「嗨！凱希！」Z永遠都用那種熱切又興奮的雙眸注視著她。凱希拖著腳步，故作鎮定地緩步踏下階梯。

「嗨！Z。」她不自覺地撩髮微笑。

如果世界上有個男人是專為她而打造，Z就是那個唯一吧！凱希曾經天真地這麼想，只可惜Z身旁的女人，永遠都不是凱希。他看似專情至極，生日和過節都會在自己的臉書上貼出與女友的合照，寫些務實又浪漫的話感謝她，那名幸運的女孩從未換人。只是Z對待凱希的態度，卻永遠如此熱情溫柔，讓凱希一直認爲自己還有機會。

「認真就輸了……」凱希不禁提醒自己。就在她花了八個多月努力想忘掉Z的時候，卻再度見到Z，還對她露出那樣溫暖深情的微笑。

凱希捏著自己的手臂，緩緩靠近。

「怎麼了，看到我這麼驚訝啊？」Z主動伸手豪邁地抱了凱希一下。「我今天是快遞小弟，代表我們R牌來跟你們事務所拿資料的。」

「哦！好啊！我馬上去拿給你。」

「不帶我上去走走嗎？是不是剛好在忙？」

「嗯……對啊！」凱希實在不願意跟Z單獨相處超過五分鐘以上，她已經試過很多次，告訴自己早該死心。但Z不知是裝傻還是真的沒察覺，總是想要親近她。

凱希決定劃清界線，快步衝上樓拿好資料後，幾乎是笑著將Z推出公司的大門。

「有機會再聊喔！」Z頻頻回首，似乎也意識到了什麼，卻還是用真摯的眼神如此說道。

「嗯！好啊！好啊！」凱希朝他揮揮手，立刻閉氣轉身。

「什麼都別想，別認真去想任何事，認真就輸了！」

凱希沒料到的是，剛剛在手機那頭開心回覆留言的芮琦，正關上了羅杰的臉書網址，準備下班離開。

收起手機的芮琦，心裡想的也是同樣的事情。「這次別太認真，也不要太期待。期待越大，受傷越重啊……」

03.

踏出舒適圈

芮琦躺在床上，想著手上的相親案子，又失眠了。大學時她整天好吃好睡，身兼四個社團及系學會的幹部，連下課十分鐘都可以入眠。想不到十年過去，成爲輕熟女的芮琦，失眠卻有如家常便飯。

凌晨三點了，翻來覆去，心情很亂的芮琦打開小燈，起身用平板電腦刷著臉書，她逛到好友麗麗的頁面，對著新生小寶寶的照片按了個讚。

「還沒睡呀？」臉書傳來麗麗的訊息。

「是啊！今天失眠了，妳呢？新手媽媽應該很累了吧？怎麼還在線上？不怕被我纏住嗎？」芮琦其實很開心，但顧及麗麗正在坐月子，還是多問了幾句。

「別提了！剛起來餵奶，胸部很脹所以睡不著啦！今天上午我跟豬一樣狂睡，不，豬都沒有我能睡！」

麗麗還是這麼有精神，逗得芮琦笑容滿面。

「我最近要去相親了耶！」芮琦提起自己心底的煩悶，雖然知道不是什麼大不了的事情，還是想找家人以外的對象訴說。

「妳期待嗎？難得聽妳說要去相親！」

「只是跟朋友介紹的對象見面，時間和地點都敲定了，對方挺阿莎力的，說他也想見見面，出來聊聊。」

「聽起來那個男孩子很乾脆啊！」麗麗鼓勵道。「誰介紹的？我認識嗎？」

「其實是凱希介紹的。」想了一下，芮琦還是決定直說。麗麗鐵定會驚訝的，畢竟凱希與她們在大學時，並沒有真的那麼要好。

「哇！凱希啥時這麼熱心了？希望真的是介紹很好的對象給妳！」

「哈哈！就料到妳會這麼說！其實她本來還想裝沒事，但是我硬要她履行承諾，一開始本來就是她自己說要介紹對象給我的！」芮琦把來龍去脈跟麗麗說了一次。

「嗯……既然妳目前覺得這個對象好，那就好啊！就當多交個新朋友，其餘就別想太多囉！反正……過去的事情也都過去了。」麗麗好心的開導，卻讓芮琦的心情悶了起來。

的確，芮琦在大一時曾經單戀過系上的一位學長。學長外表其實不出眾，但有著性感沉穩的好聲音，講英文時的腔調很迷人，為人熱心，有一定的幽默感。而在芮琦不小心於自己的網誌上透露對學長的好感之後，凱希竟然對學長展開多種疑似追求的熱情攻勢。

例如，在走廊相遇時，芮琦只敢遠遠地注視學長，凱希卻穿著短裙又跳又蹦地跑向學長，抓住學長的手，撒嬌地詢問選課的問題。

「凱希是不是也跟我喜歡上同樣的人啊？還是……她是故意的？」當時為

情所苦的那段時間，是芮琦大學時唯一的失眠時光。當時她也曾像現在這樣，在半夜三點時聽著室友麗麗的見解。

「她絕對是故意的！我看她跟學長說完話時，還轉過頭用勝利的眼光打量著妳！真想揍她！」大一時的麗麗當然並非眼前的沉穩人妻，個性直率的她，講起話也非常火爆。

「我今天看到凱希跟學長選同堂課，還故意寫在自己的無名，說自己跟學長談了很久，很談得來，最後一段還加註說兩人今天談的話題是『祕密』，真噁心！一定知道我們都在看她的無名，才會故意寫那一段！」麗麗就像芮琦的戀愛軍師，總是陪她歡喜，陪她憂。

「啊！凱希真厚臉皮！竟然還殺去學長的家聚，請問到底關她什麼事呢？她明明就有自己的直屬學長！」麗麗消息靈通，總是告訴芮琦許多凱希的動向。芮琦發現麗麗每多說一句，自己的情緒就越消沉。

芮琦便在一次吃飯時，告訴麗麗道：「謝謝妳前陣子一直幫我關心……

但是我現在已經不喜歡學長了……不，不如是說，我跟他之間沒什麼交集，也不想要刻意去努力了，大家都知道學長跟凱希走得很近，如果我再自不量力，也顯得很奇怪。」

麗麗當然不死心，仍鼓勵芮琦要努力追求。但芮琦堅持自己已經對學長沒興趣了，這段暗戀便無疾而終。身爲室友的麗麗與芮琦，每天都過著充實的大一生活，不再主動提起那位學長的事情。

而在大一下學期時，凱希與同系家世很好的大三型男學長在一起，成爲系上十分風光的一對，校園的各大派對和聚會總有他們亮麗的身影。

「真是賤人！」麗麗一提起凱希，總是先罵兩句再說。

但升上大二，芮琦與麗麗各自有了生活重心，也在社團中認識不錯的好朋友，麗麗與凱希更因緣際會地加入同個系學會部門，成了活動上的戰友。

女人之間的關係十分複雜，若將這十年的時光考量進去的話，一直糾結於過去的不愉快，似乎也無益處。

「這本來就是凱希欠我的，我一定會好好利用這次機會認識新朋友的。」睡覺前，芮琦如此激勵自己。

終於等到會面的那一天，芮琦怕爸媽認為自己都「沒在努力」，還故意打扮一番，並於出門前特地向他們報備。

「哇！真好！多出去走走看看啊！」爸媽也不免叮嚀一番。平常就很愛嘮叨的他們，這次也叨唸個沒完。

「還好我有先見之明，多留了三分鐘給他們。」芮琦走上街頭，踩著跟鞋、裙擺飛揚的她，也感受到一股難得的新鮮感。

「平常上班總是長褲配襯衫，今天難得有機會把衣櫃裡，比較有女人味的衣服穿出來，順便讓衣服通風一下！」因為約在台北，芮琦也預留了坐客運的時間，只花了一小時就抵達會面的餐廳。

然而，男方遲到了。

望著人來人往的街頭，芮琦努力的張望，辨識一張張迎面走來的男性臉孔，不知不覺也疲倦了起來。

「怎麼不打個電話或者發個訊息過來?」剛低頭檢查完手機，一個穿著休閒的男孩正朝芮琦跑來，邊揮手邊微笑，模樣有些稚氣可愛。

看他穿著球鞋配T恤，再加上七分褲，芮琦直覺這個名爲「羅杰」的攝影助理，實際年齡應該比自己小。特別是在女方的輕熟女打扮下，兩人站在一起更有種「姐弟」的感覺。

「唉!總不可能事事如意，看起來尷尬也沒辦法，他肯跟我見面就不錯了。」芮琦勉強打起精神。

「抱歉喔!抱歉……」羅杰一連說了五六個抱歉。「我連續遇到兩班捷運都客滿，完全擠不上去。」

「抱歉，我不該約這個時間的。」

「啊!不會啦!我自己沒抓好時間。嘿!走吧!」羅杰率真一笑，芮琦這才覺得自己太緊繃了，大概太久沒好好單獨跟異性出門，且等人等到火氣有點大。她連忙動了動肩頸，提醒自己要放鬆。

羅杰還挺紳士的，伸手幫芮琦推開餐廳的大門、拉開椅子，上次被這麼對待是何時？芮琦已經想不起來了。她決定什麼都不要多想，從頭開始慢慢認識這一位可愛的新朋友。

「聽說妳跟凱希是大學同學呀？她大學時會很煩嗎？」

「哈哈！她現在在你們辦公室裡會很煩嗎？」芮琦聰明地將話題丟回。

「不會來煩我，都煩那些帥哥。」羅杰吐了吐舌頭。開了幾個輕鬆的玩笑之後，雙方的距離感縮減很多，氣氛也自在多了。

一開始，兩人先從凱希聊起，又聊到芮琦與凱希的母校，羅杰挺會帶話題的，也似乎對芮琦很好奇，連續問了很多問題。

「妳有什麼興趣嗎？」、「有養寵物嗎？」、「週末都做些什麼？」，芮琦都一一認真的回答。

「台北的男生都好會聊天啊！明明比我小四歲，已經很會說話、很能聊天了呀！」芮琦開心地想道。而滔滔不絕的羅杰大概對芮琦挺有興趣的，對於她的回答都很認真的回應。

「那天凱希是怎麼跟你說的？你應該很困擾吧？」芮琦問著，期望羅杰說出「才不會困擾呢！」這種回答。

「嗯……」羅杰搔了搔頭。「她這個人做事有點莽撞，所以我已經不會覺得困擾了，哈哈！一開始是她忽然問我有沒有女朋友，我說沒有，她就說要幫我介紹。」

「她應該沒有說我什麼吧？」芮琦在意地問。

「沒有啊！」羅杰像是想到了什麼，但還是憨厚地搖搖頭。畢竟這種時候，他也不可能說出什麼讓人誤會的話。

「不過呢！坦白講，我看到妳的臉書後，還滿驚訝的！因爲妳看起來比凱希年輕很多，雖然妳們明明就是同學……」羅杰的讚美真誠至極，讓芮琦笑了起來。

「哈哈！沒有啦……凱希也很年輕啊！不……應該說，我們都二十七八歲了，說年輕也還好，但也不算老啦！」

「可能是凱希妝比較濃的關係吧！我看到妳素淨的臉，覺得妳好像才大學剛畢業，跟我差不多呢！」

「謝謝！」芮琦甜甜一笑。「聽了很開心耶！」

「哈哈！那就好！」

兩人越談越投機，羅杰主動問芮琦接下來還想去哪裡。

「現在還早，妳若是還不累的話，都特地上來台北了，有想去哪嗎？我帶妳去！」

芮琦心底暖暖的，一說完幾個展覽地點，羅杰立刻拿出手機刷了刷資訊。

「好啊！離這裡只有三個捷運站，我們現在就去吧！來！」起身時，羅杰竟自己抓了帳單就往櫃臺走，擺明是想請客，芮琦這些年一向習慣各付各的，連忙追了上去。

「不用啦！妳特地上來台北，怎麼能讓妳出錢呢？一點飲料錢，我還可以啦！」羅杰不像是在裝模作樣，睜著真誠的大眼睛，他一看到芮琦鬆懈下來，立刻掏錢給櫃臺的服務生。

雖他說的是「一點飲料錢」，但其實兩人才剛吃完總額七八百元的下午茶，芮琦感到很不好意思。

「那……下次出來我請你！」

「好啊！好啊！」

羅杰爽快的答應，是否也意味著下次雙方還有出來見面的可能？芮琦因此感到開心，心情也暖了起來。

週末的她一向都在家裡補眠、看日劇，難得有機會和年輕的男孩子在這麼時髦的地方逛街、看展，雙方又相談甚歡，種種際遇讓芮琦感到不可思議，又十分知足。

她很看重這次的機會，她自在的態度讓羅杰感到很舒服，雙方言談與互動都自然至極，像是認識許久的朋友那樣，偶爾還伴隨著幽默的話語。

論外表，羅杰並不是芮琦特別喜歡的類型，他個子有些矮小、皮膚偏白，但大學跳街舞出身的他，身上卻洋溢著歡樂帥氣的氣息，並不會讓芮琦反感。

直到回家梳洗、躺回床上前，芮琦耳畔都是羅杰清新且悅耳的聲音，兩人交談的內容也一再重複在腦海。

「我目前從攝影助理開始，腳踏實地的做囉！雖然這工作隨時會被別人取代，但總有一天我也會有加入企劃的機會，一想到那天隨時會來，我就該認真準備好啊！如果能像芮琦妳這樣，成爲公司內獨當一面的人才，那我一定會更開心的面對壓力的！」

一想到羅杰說過的話，芮琦打從心底覺得這個男孩子滿不錯的，有可愛的地方，也很懂事，而他開口閉口都會若有似無地稱讚芮琦，也讓她甜在心底。

「還好我沒計較跟凱希過去的恩怨，也還好她還算有誠意。雖然不知道未來能發展成怎麼樣，但能跟羅杰從朋友當起，週末不用一個人在家裡睡覺，這樣也挺不錯的！」

出社會之後，芮琦越來越感受到自己很難敞開心胸去做新的嘗試。每天從家裡通勤到公司，接觸乏味平淡的一切，她雖不滿，卻也遲遲不願踏出那一步，沒想到鼓起勇氣，就有如此可貴的收穫。

「今天跟你出去很開心！你真的很有想法，跟你聊天也很高興、很有收穫，下次再一起出來喔！換我請你！」芮琦主動發了封臉書訊息。

訊息框顯示「已讀」，等了三十秒沒回應後，芮琦收拾心情，告訴自己別想太多，先挽起頭髮去漱口洗臉。

而當她走回臥室時，電腦螢幕上出現了羅杰回傳的訊息。

「哈哈！妳不用這麼客氣！能認識妳我也很開心！好啊！下次再約喔！」

芮琦心滿意足地關機，躺上床。

即使想到明天上班就要面對那個煩人的相親案子，芮琦也不再心浮氣躁。

這晚，她一覺到天亮。

04. 白馬王子就在路上

週一上班時，芮琦神采飛揚，原本卡關的案子也因爲有了滋潤，一下子就進展到能向主管口頭提報的階段。

「我是希望廣告內容採用多位男女演員，不用選帥哥美女，只要選看了舒服的就好。他們孤單地穿梭在街上，生活在同個生活圈卻一再錯過，直到這個平台的網路交友功能將他們串連在一起，才終於有了接觸，相見恨晚。」

芮琦站在黃姐的辦公桌前，搭配手繪的分鏡圖，報告出廣告的概念。

「嗯！很好，這有符合相親服務在地化的概念。」黃姐滿意地點點頭。「就是要讓原本住在同個生活區域，卻彼此不相識的人，有機會作朋友。其實也不用強調多浪漫、多夢幻，現代人反而比較喜歡這種務實的感覺。」

「好，我會把整體感覺放在『便利』、『親近』、『實際』等實用性上頭，畢竟如果能認識本地的朋友，不用爲了見個面而舟車勞頓，三五天就能見一次，那是最好的。」芮琦的工作能力一向很好，當她有了方向之後，眼神更是炯炯有神。

黃姐露出信賴的微笑。「很好，妳抓到重點了，下午他們公司會派代表來，妳再好好跟對方溝通。」

「沒問題。」芮琦點點頭。

然而，芮琦原本一直是和聲音甜美的女生接洽相親業務，想不到今日登門拜訪的，卻是一名高大斯文，穿著灰色西裝的男性。

年齡約三十五歲，表情非常冷漠，加上身高又高，芮琦不禁有些戰戰兢兢的。

「您好，張小姐，我可以開始跟您介紹我們的服務了嗎？」清瘦的業務梳著成熟的側分頭，露出光潔的額頭，或許這樣高傲的五官會很適合戴上墨鏡，走在時尚名店前。因爲正巧在做廣告企劃，芮琦不禁想像了起來。

不過，這位高傲的業務一坐下，就拿出平板電腦，準備向她介紹服務。

「其實，對於您們的服務我有做了一些功課了……」芮琦想省點時間，直接讓對方詢問目前的企劃狀況，不料業務男卻臉色一沉。

「哦！既然這樣，那我方便請教劉小姐，您對我們的服務瞭解多少呢？」

「嗯？」芮琦被他的凜然氣勢一驚。

「能請您告訴我嗎？您覺得我們的服務內容是怎樣的呢？」

「這……哦！一定要我說嗎？」芮琦沒遇過有人這樣說話的，也許聽起來還好，但配上業務男那三白眼與往下撇的嘴角，她簡直覺得自己在接受審問。

「就請您說說看吧！」業務男說：「這樣我也順便能瞭解，我們的服務在外人眼中看起來是什麼樣子的。」

「嗯……」被趕鴨子上架的感覺非常不好，芮琦尷尬一笑。「大概就是透過網路註冊，去替使用者媒合當地的對象吧？聽說你們目前的服務地點只有桃竹苗一帶，我覺得挺有趣的。」

「請問是哪裡有趣呢？」業務男認真的眼神，讓芮琦心想自己是否說錯話了。

「就……就覺得滿新鮮的啦！」

「原來是這樣。『新鮮』……」業務男在自己的藍皮筆記本上寫著筆記。芮琦這才鬆了口氣。

看來他是求知慾很旺盛的冷面好奇寶寶，而非存心找自己麻煩。

「其實您說的沒錯，講求在地性、便利性一直都是我們的宗旨。」業務男點點頭。

「那個，先生……」

「請叫我小茂，如名片所示，我的名字有個茂字。」

怎麼樣都無法把「小茂」這種可愛的綽號，與眼前這個冷面大叔結合在一起。他明明很老派，卻硬要裝年輕的作風，這讓芮琦有些頭痛。

「好的，小茂，接下來請由我跟您說明一下廣告的內容……」

「好，洗耳恭聽。」

芮琦倒抽一口涼氣，總算把公事都談完了，聽完對方的意見之後，戰戰兢兢地送這位「小茂」離開。

「哈！他挺帥的呀！是因爲這樣，妳才這麼緊張嗎？」幾位已婚的女同事刻意經過會議室打量方才的狀況，紛紛對芮琦虧道。

「我沒有緊張好嗎？那是因爲他臉臭到不行，還要我叫他小茂……明明就是一個老派又嚴肅的人，裝什麼美式作風啊！」芮琦聳聳肩，爲了替自己澄清，說話也大聲了起來。

她拿著資料，連忙坐回電腦前修改。

稍有空檔時，她也不忘上去臉書，關心羅杰的動態。與芮琦身旁的同齡男生極度不同，羅杰在臉書上相當活躍。

與誰吃飯、工作今天出了什麼狀況，羅杰都會結合時下流行的圖片社群

ＩＧ一起更新。因為身處在熱鬧的模特兒事務所，就算他不主動打卡，也會被標記在一群同事、朋友的照片中，頻頻發布到臉書上。

「開吃了！終於收工，這麼熱的天氣還要拍秋冬新照，大家辛苦了！阿禎姐，謝謝妳的披薩囉！」照片是羅杰拍攝的，一群穿著時髦的年輕人在攝影棚外吃飯的模樣。

「真是熱鬧啊！」一想到凱希也在同間公司上班，芮琦不禁有些羨慕起來。

臉書繼續往下刷，大學好友麗麗的動態，映入眼簾。

「我終於不用待在醫院了，月子中心我只去了三天就請我老公退掉了，現在只想在家裡的沙發上好好打電動！」

「我找個時間去看妳呀！」芮琦留言道。

「今天可以嗎？孩子和老公都回婆家了，我一個人閒得發慌！」麗麗回答。

「好，不過我要轉車過去，兩小時後才會到喔！」

「等妳！等妳！來我家過夜，明天直接去公司吧！」麗麗提議道。

先前當麗麗與老公還在新北市租小房子時，芮琦就很常過去叨擾，這次他們換了大房子，也正好是過去拜訪的時間點。光想到自己能繼續參與麗麗的新生活，芮琦就感到一陣興奮。

結束工作後回家收拾東西，並向父母報備。晚間八點，芮琦出現在麗麗家的電梯華廈門口。黑色金屬雕花大門氣派極了，門口還有警衛收發室與偌大的候客廳，整棟建築物洋溢著嶄新的華麗氛圍。

麗麗親自來迎接提著小行李袋的芮琦，爲了方便接下來幾個月帶孩子，她剪了清秀的短髮，芮琦立刻誇她漂亮。

「哎唷！未來還要過著每天被孩子吵醒的生活咧！抽空先剪短，省得給自己找麻煩！」麗麗豪爽一笑。

「你們這裡很漂亮耶！」

「拜託，都貸款買的，當然得漂亮啊！我們家現在已經負債好幾百萬了，哈哈！」麗麗仍舊很謙虛，雖然提到買房的現實面，但她眉頭不皺一下。芮琦佩服地心想，嫁對人就是這樣吧！即使生活中難免有經濟層面上的不安，麗麗卻始終笑得毫無陰霾。

麗麗的老公是透過興趣結識的，前年麗麗去了救國團的日文進修班，雙方一開始就情投意合，麗麗便與早已緣盡情滅的前男友分手，轉而跟這位老公交往。

一年半後，她們結婚、買房。因爲老公年紀較大，比麗麗年長七八歲，因此做事非常有效率，麗麗又個性海派好說話，婚禮、蜜月什麼的都不挑剔和刁難，準備婚事的過程也挺順利的。

兩人邊在電梯中閒聊，接著正式踏入麗麗的家。

映入眼簾的，是一片淺色木地板與木造裝潢收納牆，充滿書香氣息的客廳擺著書櫃，草綠色地毯配淺灰色布沙發，再配上幾個粉橘色的民俗風小抱枕，溫馨又清爽。

芮琦又是一陣稱讚連連。「哇！好漂亮喔！而且做了很多隱藏式收納空間吧？小家庭要住得久，收納真的很重要呀！」

「哈哈！一堆東西放在我娘家還沒搬過來，等搬來就會很雜亂了，所以邀請朋友最好趁現在了，嘻嘻嘻！」麗麗仍舊謙虛地邊回應，邊隨手收拾。

沒想到本該做月子的麗麗，還下廚為自己煮了湯，桌上則擺了一些外賣的烤鴨。

「來，吃吧！吃吧！都八點了，妳一定很餓了吧！」

姐妹倆開開心心地用餐，大概是怕破壞氣氛，麗麗一直很謹慎，沒問起凱希介紹戀情一事，反倒是芮琦自己很想趕快跟她分享，連忙流水帳似地說了一堆。

「哦！真是驚喜呀！沒想到凱希真的有用心在介紹耶！」麗麗順著芮琦的話猛點頭。

「對啊！雖然現在說喜歡他……是有點太早了啦！不過也好久沒遇到這種可愛又談得來的對象了！」

「是啊！是啊！」麗麗拍拍芮琦的肩。「妳本來就值得這麼開心啊！妳是好女孩耶！外表又可愛，先前妳去聽獨立音樂時，不是也有很多樂手追求過妳嗎？只是他們都是玩咖居多……不適合妳而已！」

「唉！別提了！反正現在好就好！」芮琦滿足一笑。她真覺得自己轉性了，以往容易抱怨、怨天尤人的體質，轉眼間卻消失無形。

「哎唷！妳今天笑容好多，笑好開喔！看來真的過得很滿意喔！」麗麗揉揉芮琦的肩膀。「看來平常真的太委屈了，每天只有工作，回家又得聽爸媽碎碎唸……」

「對呀！連我吃完飯，盤子沒有馬上收拾，都可以唸好幾分鐘，還說我就是這樣才嫁不出去……」芮琦聳聳肩。「總之，人生真的別把自己困住，要不斷替自己找新的刺激和重心！」

「不過，妳現在好像比較少去聽那些獨立音樂了……是因為工作忙嗎？」麗麗貼心地問道：「還是，因為不想看到先前那些人？」

「或多或少都有吧！每次看到他們都帶新的妹就算了，遇見我還故意不打招呼。」

「哎唷！這種男人真討厭！」麗麗幫腔道。

「算了，不用管他們了！我自己的心態也要調整，不要老是期待別人來打招呼，反正沒機會就算了，互當陌生人也不痛不癢，依舊自在，這才是輕熟女生活該有的態度。」芮琦帥氣地做了個結論，麗麗滿意地點頭。

麗麗也吐了一些苦水，多半是婆婆非常囉唆，針對長孫的帶法也有很多意見。

「我是不在意孩子常常會被綁架到婆家啦！反正我的確也需要休息，像現在姐妹倆吃吃烤鴨，不用躺在月子中心的床上發呆，讓我有精神多了！前幾天一直吹冷氣，反而頭昏腦脹，累了就睡，睡醒更累……」

「會不會是中暑了？」芮琦擔心地問。

麗麗擺擺手。「應該不是啦！我除了有點累之外，沒任何異狀啊！」

「爲了預防起見，我還是幫妳刮痧吧！最近常常低頭抱孩子，肩頸應該也累積了不少壓力。」芮琦俐落地從包包拿出刮痧板與涼涼的藥膏。

「哇！妳竟然隨身攜帶這種東西！」

「當然啦！自從三四年前我媽身體不好之後，我就迷上了刮痧，有什麼症狀若是刮一刮就能排除，何樂而不爲呢？」

「唉呀！那我就恭敬不如從命了！」麗麗豪邁一笑，將上衣領子往旁一拉。

兩位即將邁向三十大關的小女人，就這樣一面談笑一面刮痧。中途麗麗喊了幾次，看來是真的中暑了，紅紅的痧斑也隨著芮琦熟練的動作不斷浮現。

「都紅到快變黑了！妳也太能忍耐了！」

「都是月子中心的冷氣啦！還有我家寶貝很不愛母奶，愛喝不喝，每次都抱到手要僵掉了，她還在慢吞吞。」

「做媽媽真的好辛苦……」

「養到這種小孩當然辛苦啊！」麗麗隨口抱怨道：「我看隔壁床的小女娃好好養，有奶馬上喝，喝完逗一下就睡著了。我家的啊！只會一直亂哭，給她奶也不喝！」

畢竟是好朋友，心底有任何怨氣就讓她一次發洩完，麗麗的負面情緒也隨著肩頸壓力，一起慢慢消失了。

麗麗伸伸懶腰。「呼！好舒服啊！原來刮痧這麼舒服，藥膏涼涼的，好爽！哈哈！好像肩膀上坐著的五十公斤怪物，忽然離開我了！現在肩膀好輕啊！」

「傻瓜！開心成這樣，以後我每次來就先幫妳刮一刮！」芮琦滿足地摟摟麗麗的肩。

「哈！我忽然想到有次大一體育課我中暑了，當時妳是用銅板幫我刮的。」麗麗回想起遙遠的某個初夏，在操場邊的樹蔭下所發生的事。

「好像有喔！當時我還很在意那位學長的事情……」芮琦吐吐舌頭。「妳還安慰我說……」

「白馬王子遲早會來找妳的！」姐妹倆異口同聲地說。

兩人哈哈大笑。

「當時我還滿喜歡這句話的，謝謝妳那時的安慰。」芮琦嘆了口氣。

「因爲那時的妳還很迷信白馬王子……我才會那樣說。」麗麗惆悵一笑。

「我現在也很迷信啊……妳別忘了，我的王子，等了十年都沒有來，中間都是一些小丑和路人。」芮琦聳聳肩。

「不會的，屬於妳的緣份一定在路上了。」麗麗用更加嚴肅的口吻，正視著芮琦。「如果再唉聲嘆氣，王子會調頭就走。」

芮琦心領地微笑，點了點頭。

雖然目前說起王子時，腦中浮現的臉孔是一個也沒有。但現在的芮琦不會迷戀於虛華的形象，而是會努力用時間好好的相處與觀察，去挖掘出女人們心中的那個王子。

「王子就在路上了。」芮琦喝了口紅酒，對自己說，麗麗溫柔地摸了摸她的頭髮，舉杯一飲而盡。

「一定就在路上了喔！」芮琦也說給自己聽。

05.

誰先嫁出去

早晨十點，坐在窗明几淨的開放式木造辦公室中，凱希望著挑高的天花板與老闆從義大利帶回的玻璃長排吊燈，睡眼惺忪地發著呆。

攝影助理羅杰經過凱希身邊。「怎麼了啊？等等大家要訂咖啡，一起訂吧！」

凱希揉揉眼睛。「最近身體總是很沉重，真想像家庭主婦一樣閒在家，睡個午覺。」

「是不是生病了啊？」羅杰認真地問：「別對我說了，趕快找個醫生看看要緊。」

「誇張耶！想打個瞌睡而已，就叫我看醫生！」凱希哈哈大笑，看到羅杰關心的神情，她這才想起，先前牽線的事。

「你跟我朋友還好嗎？覺得她怎麼樣？」

「還可以啦！」羅杰匆匆快閃，讓凱希有被潑冷水的感覺。凱希因爲好奇，就上了芮琦的臉書，看能不能發現八卦的蛛絲馬跡。

「怎麼只有更新一些無聊的東西？我又不在意妳看什麼展覽、喜歡什麼大師的作品……」一邊看邊唸，凱希感到無聊地隨手點回首頁。

Z更換了一張臉書大頭照，帥氣的側臉呈現在螢幕上，跟其他雜七雜八的臉書動態比起來，Z的五官總是那麼耀眼、時髦，且帶點傲氣。凱希意識過來時，她已經望著Z的大頭照發呆了幾秒。

爲什麼忽然換大頭貼呢？在意一個人時，連對方的小舉動也不肯輕易放過。凱希先前總是會避開Z的臉書，因爲每次看到Z與女友的自拍，她就感到反胃。

如果開始追求對方，自己就成了第三者。明明知道這點，去年一整年凱希卻仍圍著Z打轉，兩人一起參加嘻哈LIVE表演，跟友人聚會，甚至還在一個地下歌手的MV中露臉，活動很多，玩得很開心。直到Z開始每天都發一張女友的穿搭照，彷彿想提醒或強調什麼似的。

下定決心，努力疏遠的日子總是很難熬，凱希感覺心肺都要裂開了。明明自己與對方是如此契合，且永遠有聊不完的話題，對方牽著的女孩卻終究不是自己。雖然正宮女友十分有度量，坦然面對Z有許多紅顏知己的事實，但凱希連在網路上看到她純真美麗的臉孔時，都深感愧疚。

直到今天，凱希都還在使勁抑制自己對Z的感情。

「為什麼把和女友的合照換掉了？」凱希爬了一下Z的臉書，字裡行間都能感覺到他正處於前所未有的低潮。

「努力到頭來只是一場空，但有時候看到一個笑容就會很開心，能打起精神。這麼想會很奢侈嗎？」

「生活沒有重心真的很累，被妳一再誤解也就算了，我真的懶得解釋了。」

Z的文字多半搭配著嘻哈或搖滾樂，一同分享在臉書上，好友人數破千的他，留言總有許多女孩噓寒問暖，當然也少不了兄弟出言損他。

凱希點了Z的訊息，鍵入「最近還好嗎？」

但才打完最後一個字，她又快速將訊息刪掉。

其實，凱希不是第一次「搶人男友」，她還記得自己在大學時，只要一有好對象的消息飄進耳裡，凱希總會努力爭取「出現在對方身邊」的機會。她沒有惡意，只是想多跟大家眼底的優質男孩相處，調調情，搔首弄姿一番，走路時偶爾需要人扶一下，聊天時也會笑倒在對方肩上。

那些才不算是倒追，只是享受對方的陪伴罷了。如果能選擇自己身邊的異性，誰不希望圍繞著自己的，全是大家眼底的人氣男孩？

「那樣才有面子吧！總之，從身旁的騎士到我最愛的那位王子，個個條件都要好才行。」好面子的凱希，覺得自己理當受到這種待遇。誰想跟那些無趣、白目或不上相的男孩廝混整天呢？大家都正值青春，交交朋友、玩鬧一下又有什麼錯呢？

一直到今天，凱希仍是這麼想的，臉書好友只要是男生，個個外表都是中上，甚至極致出色的男孩，不用多說什麼其他的，路過的女網友光看著都會羨慕自己吧？

「『異性資產』平常就要累積啊！再說我現在這個工作，常常需要好看的男孩來打工幫忙辦活動、拍照，全辦公室就數我最罩，手機一打，隨時都有帥哥來協助。」

並非凱希自吹自擂，她的這項「危機處理」能力，不但被總監公開稱讚過，也好幾次幫助公司在臨時缺人手的活動會場上度過難關。

望著螢幕上Z的微笑大頭貼，凱希想起一年多前自己果斷放棄的契機。

當時，她跟學妹筱安相約吃飯。筱安是個外貌平凡，裝扮總是十分甜美可愛的女孩，偶爾也懂得拿平價款名牌包享受生活，多半是交往多年的男友送的。

筱安這種素淨的女孩，原本不該是跟凱希同掛的，直到在凱希大學最後一年的畢業公演上，兩人因爲職務的關係，才成了肝膽相照的朋友。雖然價値觀差很多，但筱安總是能說出讓凱希深刻到心坎中的話。

一次姐妹的酒吧聚會上，凱希講到Z的事，淚眼婆娑地在筱安的肩上哭了。

當時，筱安如此安慰她道：「妳都單戀他這麼多年了，還追不到，是不是他不夠喜歡妳？也許妳認爲你們雙方很適合彼此，但對他而言，女友才是適合他的人。放棄比較好吧？把青春都投資在一個暗戀的對象上很浪費時間，何況我們都這年齡了，找適合結婚的對象比較好吧？」

這話從一直都在積極準備結婚的筱安嘴中說出來，特別讓人信服。如今，自己又對Z動了情，凱希知道今晚一定要找筱安出來喝喝酒了。

※※

坐在酒吧的包廂沙發上，昏暗的燈光與銷魂的爵士樂讓心情放鬆了許多。

筱安拿出鏡子按了按自己的臉，期待自己微整形的結果，不要誇張到被凱希察覺出來，但她又矛盾地期待，凱希能看出她變美了。

筱安個頭小、身形微胖，小腿與臉蛋都圓滾滾的，讓她看起來比實際體重還要重。今天她穿著可愛的格子洋裝，店員送酒前還看了一下她的身分證，確定她已年滿十八歲。

在公家機關每天做著文書工作，生活穩定，存款不少的筱安每年都會出國兩次，一次去歐美，一次去日韓。大學時她不是特別認真讀書的女孩，但有著「跟任何價值觀的人都能和平相處」的好個性，也跑過不少活動，戀愛從不需要自己擔心。每次分手的感覺都是順其自然的結果，有如順水推舟般，筱安總覺得自己很理性，從未像MV女主角那樣崩潰大哭過。她更不會像標準甚高的芮琦那樣常常抱怨自己單身，從大學講到現在了，還是單身。

筱安回想起大學時的自己，跟男友分了也沒關係，沒過多久，就會有不錯的對象送上門來，而她也就順理成章地這樣交往下去，從不曾抱怨空窗期太長。反觀芮琦學姐，總是有暗戀的男人，但又不主動出擊，其他對象來試探、追求，她總是很激動地拉開距離，說不能給對方幻想的空間……這些都是凱希告訴她的，有時筱安也會跟著凱希一起在背後取笑芮琦，但事後她會覺得自己很可惡。

「其實芮琦學姐沒有不好，是個八十分的女孩，但就是標準太高了，老想找一百二十分的對象。八十分的女生如果肯找六七十分的男人，不可能找不到的……但芮琦自命清高，不隨便跟男生曖昧，端莊高雅，給那些學長的感覺就像冰山美人，大家不敢追，也追不到。」

這次凱希主動約自己出來喝酒，筱安猜想大概跟「幫芮琦介紹對象」的這件事有關。

「看來，等等又要聽凱希抱怨芮琦了。」外表甜美無害的筱安，想到這裡，不禁有些無奈。

不過，生活缺乏刺激的自己，每天就是上班下班，偶爾跟男友吃吃小吃，早就不知道什麼是真正的開心了。

男友雖然對她還可以，但從四五年前就開始日漸發福，而且每次約會都蓬頭垢面，溝通好幾次也不見改善。看著凱希在臉書的打卡內容，總有不少極品帥哥圍繞，讓筱安真心羨慕。

「我男友那樣子……頭髮又油又塌，肚子又這麼大，神情也一點光芒都沒有……說真的，雖然難得約會，但我才不想上傳跟他的合照呢……太丟臉了！人家還以為是什麼落魄的胖大叔呢！」雖然雙方已經在談婚事了，但筱安不免會懷疑這麼平淡穩定的生活，真的就是她想要的嗎？

結婚、生子，繼續在職場上工作賺錢，只為了讓自己用好的東西、過有品質的生活，這種乏味又吃力的未來，真的是自己所期待的嗎？

「哈哈！還是叫凱希也幫我介紹一個帥哥？」筱安淘氣地想著。這種時候，她便很清楚，毫無生活經濟壓力、有著多采多姿生活的凱希，正是吸引自己的那一類人。即使在亮麗的凱希身邊相形見絀也無妨，能有這種漂亮又有趣的朋友，又常常找她出來吃飯喝酒，對於朝九晚五的筱安來說也是一種調劑。

「嗨！在想什麼，笑得這麼可愛！」凱希姍姍來遲，筱安卻一點也不介意，還很開心她出口第一句話就是讚美。

「沒有啦！想到妳呀！」

「想到我什麼，笑我遲到嗎？對不起啦！我選好包包之後，覺得鞋子很不搭，又走回樓上換鞋，結果就錯過捷運了。」凱希一邊道歉，一邊找著放包包的位置。

她今天揹的是L牌的新款，必須好好「供」起來。將包包放妥之後，凱希的眼神才又回到筱安身上。

「我看到妳男友在找求婚戒指的動態了，真是恭喜妳了！」

「還早啦！搞不好明年才結得了婚，我媽媽很重視排場，認爲唯一的女兒出嫁，一切都要慎重，甚至說要重新去合八字……這一搞，不曉得啥時才能真的發帖子。」筱安一點開心的神情都沒有，反而感到沉重極了。

「現在才要合八字？那萬一八字不合，豈不是不能結婚了？」凱希愣了一下，舉手招來服務生點酒。

「對啊！老人家就是這樣麻煩。其實我一點也不在意戒指什麼的啊……有個比這更嚴重的問題……」

「嗯？好，等等妳再跟我說。」看見服務生走來，凱希撥了一下頭髮，對著沉穩的輕熟男服務生，嫵媚一笑。

「嗨！」

「嗨！請問小姐想喝什麼？」

「你有什麼推薦的嗎？」凱希直直望進服務生的雙眸深處，對方有些不好意思地將視線移到酒單上。

「小姐您喜歡水果口味，還是願意嘗試重一點的口味？」

「重口味的也可以唷！」凱希媚笑道，連一旁的筱安都感受到服務生害羞了起來。

凱希最後點了什麼，筱安沒有注意，她只覺得凱希猛極了，幾個撥髮、望眼、拿菜單時用指尖輕輕劃過服務生手的小動作，都是如此誘惑。

不過，如果自己能比這樣的女人先嫁出去，也算是一種勝利吧？

筱安如此安慰自己。

「不，都什麼時代了，還被這種封建的想法給綁架！」筱安望著凱希自在的神情，還是覺得女人活得像她那樣，才精彩。

彷彿忘記筱安方才想抱怨的話題似的，凱希逕自聊起Z的事情。意識過來時，筱安已經開始安慰起她來。

「原來凱希對Z還沒有死心……」這麼有魅力的女人，卻因爲單戀而將自己折磨成這樣，筱安十分心疼。

「隨便一個都比他好啦！」她激動地對凱希說。「我之前要妳找結婚對象，其實錯了。現階段的妳，應該找個真正讓妳開心、讓妳享受戀愛滋味的男人才對，其他都暫時不要想，不然妳永遠快樂不起來！」

凱希驚訝地望著激昂的筱安，臉上隨後出現了恍然大悟的笑容。

「真的……妳講話怎麼如此中肯啊！太有道理了！」她舉起杯子敬筱安。

沙發這頭的筱安撫了撫胸口，忽然意會過來，原來方才那番話，不是只說給凱希聽的。

她自己，不也想聽到同樣的答案嗎？

06. 社會就像過期的精華霜

週末結束，週一症候群讓芮琦懶洋洋的。這週原本想約羅杰出去，但他推辭說公事很忙，而芮琦特地上臉書查證，也真的發現羅杰與一幫同事在工作室打卡工作，因此她也無話可說。

只是，原本就習慣了週末睡懶覺、看影集，頂多去大賣場補個日用雜貨的慢步調生活，要芮琦每週都特地北上坐車去見羅杰，舟車勞頓，也真的挺累的。兩人目前約會了二次，突破了所謂「有一沒有二」的最大難關，羅杰的回應雖不冷不熱，但也不至於對芮琦已讀不回，讓她對這段感情還抱著信心。

「畢竟男方比我年輕，短時間內也不會想到太長遠吧！雙方就這樣先當朋友，再慢慢進展也不錯！」大學、念研究所與出社會之後，芮琦都各有幾次刻骨銘心的單戀，耗盡她的時間與氣力。但這次她學乖了，不預設太多立場，也不努力列出男方的優缺點想東想西，更不會一味幻想彼此的未來。

務實的心境，讓芮琦成爲一個比較滿足的「約會族」，一想到自己能有出來走走的約會對象，她臉上總是洋溢著希望的笑容。

雖然這週末沒約到羅杰，但芮琦卻懂得收拾情緒，將原本預計北上要穿的洋裝用平靜的心情收回衣櫃，救急的面膜也放回櫃子裡。整個週末，她都紮起丸子頭，戴著大眼鏡，以一張素顏在床上看著日劇度過。

只是，明明看似有休息，但這個週一竟然比往常更加疲憊。

「原來我的身體，還是期望出去曬曬太陽、走一走。」芮琦搥著脖子，腰酸背痛地打開電腦收發工作郵件，逼自己收心。

一打開信箱，就看到那位相親銀行的怪咖業務「小茂」傳的電子郵件。

「張小姐晚安！我這才收到週五您傳的郵件，已看過，關於您的意見，我也正有此意。以上。」

芮琦煩躁地關掉郵件。「同意就同意，什麼叫『正有此意』，還『以上』咧！就算五零年代的人也不會用這種方式說話吧？」

「唉！看來是個超級大宅男呢！」身後的媽媽級同事阿月呵呵笑道，將電腦椅轉了過來。「我女兒他們班上的老師，大概是七年級生吧！講話和發信也都是那個樣子！這種都是日本小說和動漫看太多，自以爲在講日文啦！『以上』這種用法，是宅男愛用的結尾語居多，讓人覺得很自以爲是、很高高在上吧？他們只是想表達自己的權威感，認爲這樣很帥而已！」

「您懂得真多……」芮琦認真地敬佩起走在時代尖端的時髦辣媽阿月。她不只把三個孩子帶得很好，且很常花時間瞭解孩子們的生活，工作上也不曾懈怠，還會主動在下班時間把大家趕走，不讓同事加班。

「面對這種怪人，我總是很容易感到煩躁，這有解決的方法嗎？」芮琦問。

「哈哈！就不用跟他們認真啊！他們也沒其他地方能展現自己的魅力，

只能在打字時用這種語氣，看過就無視吧！」阿月聳聳肩。

芮琦點點頭，看來老宅男小茂不是針對自己才語氣詭異。但她怎麼老是遇到一些奇奇怪怪的人呢？不管是工作還是私生活，這已經不是芮琦第一次遇到怪異的男人了。

芮琦認爲自己條件不差，但追求過她的，個個都是怪咖；大學時的跟蹤狂學長、花心學長、碩士時遇到的外語補習班老師，以及出社會後隔壁單位年過四十五的老豬哥主管對她提出小三邀約；每當想起這些人時，芮琦深深覺得自己所謂的桃花，也不過都是爛桃花罷了。

「沒關係，至少我現在有羅杰這個正常一點的約會對象……雖然跟我預設的不同，年輕了點、可愛了點，也矮了點，但個性很好，相處起來很舒服。只是……如果他願意偶爾到桃園跟我約會就更好了，常常跑台北真的很累。」

遇到一段適合自己的感情，似乎是一種奢侈，芮琦並不心急，反而希望自己和羅杰之間的感情能細水長流，之後再確定彼此的心意也不遲。

把瑣事放一邊，她開始認真處理工作，瞭解對方的個性之後，芮琦對於相親銀行的服務也越來越上手。

週三，住在隔壁城市的筱安忽然約她逛街，芮琦正悶得慌，當然很樂意奉陪。筱安特地從中壢坐公車來找她，也讓芮琦感到很窩心。

「難得不用爲了玩一趟，舟車勞頓地跑去台北，真是太好了！」

兩人先是約了吃晚餐，大約八點過後，筱安帶芮琦去幾家新開的平價服飾店挑衣服。

「學姐，妳覺得我老了嗎？」

聽到面貌和裝扮都十分可愛的筱安如此詢問，芮琦十分驚訝。

「拜託，我比妳年長兩歲都沒在叫老了。」

「不是啦……昨天剛好翻到大學時我們的系上活動照片，以前的自己雖然多了幾分嬰兒肥，但臉上總有種光芒呀！現在無論擦多貴的保養品，卻還是看起來有些蠟黃、疲憊。」

看著比自己年輕的筱安都有這種問題，芮琦聳聳肩。「我們真的得接受皮膚走下坡的事實啊！保養品也不用擦太多啦！不要晚睡還比較實際。」

「對啊！以前熬夜或吃炸的，隔天早上皮膚照樣又白又亮，現在黑頭粉刺、痘痘、浮腫、暗沉，什麼都來了。」

「沒辦法，出社會工作，日復一日，本來就很累人啊！而且我們都做文書工作，看似輕鬆，其實對肩頸、眼睛都是壓力和負擔呢！」芮琦微笑。

比起學妹，她當然更有感觸。近年來，她身邊的長輩都在說女人越老越沒價值，越變越不漂亮，更追不到男人。芮琦只好偶爾做瑜珈或游泳來延緩歲月的痕跡，她甚至改變自己的飲食習慣，多吃能抗氧化的蔬果，也遠離炸物和燒烤類的肉製品。

芮琦不明白學妹怎麼忽然問起這樣的問題。她認爲出社會的過程能讓女人的心靈成長，外表和健康卻容易退化，若無法顧好自己，這樣的變化自然是很有威力的。

芮琦不禁有感而發。「女人出社會之後，就好像擦了過期的精華霜一樣，看似有在保養，但皮膚吸收的都是一些沒有用的油膩養分。」

「說得太對了……」

兩個女人在店內邊挑衣服邊嘆氣。此時，芮琦的手機響了起來。

「您好，我們是桃源相親社，剛剛您父親給我們您的手機號碼，說您單身未婚，因此希望我們介紹……」

「什麼！」芮琦憤怒地回問：「我爸爸？妳從我爸爸那裡拿到我的號碼？」

電話中的小姐講話甜美又平靜，反而讓人更來氣。「是的，本來是打給他，但是他很熱情地提起妳，說妳單身未婚……」

「我已經有男友了。」芮琦氣得想將電話中的女人拖出來暴打一頓。

小姐反問：「咦？可是您爸爸說您單身喔！您不是跟爸爸住在一起嗎？有男友的話爸爸不會不知情吧？」

「閉嘴，總之我單不單身，關妳什麼事！」芮琦顧不得店外的路人都瞧著自己，又氣又羞憤地將情緒轉回電話中。

大概意識到她的盛怒，小姐又改口。「不……其實今天打來不是這個原因，請您不要激動，我們其實是想介紹您工作，因爲聽說您在做廣告，做得很出色……」

芮琦又愣住了。她目前的確是在做相親服務的廣告企劃，與業務小茂一起合作，不過這不表示，她就一定得接聽任何相親電話吧？

「妳又扯到我工作幹嘛？又是聽誰說的？我對妳講的東西真的沒興趣，真的有案子要給我請跟我的老闆談，謝謝。」

主動掛了電話。芮琦轉頭望見擔心的筱安。

「學姐，沒事吧？」

「沒事……」芮琦長吐一口氣，終於感覺活過來了。「這種自以爲是打電話給我、訴求又變來變去的陌生人，真是神經病。」

「而且，恕我直言……」筱安傻眼地說：「妳爸爸怎麼會擅自把電話給這種來路不明的人啊？」

「對啊！很噁心對吧？」芮琦搖搖頭。「我爸從以前就是這死樣子，聽到聲音好聽的小姐，即使是高風險股票，都會馬上跟對方買。況且他早就希望我嫁出去了，聽到對方提供婚友社服務，簡直就像溺水的人抓住浮木一樣……」

「好誇張……學姐並沒有這麼老啊！」

「二十八歲了，又長年沒男友，長輩會覺得我是異類也不奇怪。」芮琦無奈地搖搖頭。

筱安安撫地抓了抓她的肩膀。「來，我們繼續逛街，剛剛那件事就忘了吧！」

芮琦點點頭，手機卻傳來老爸的來電，她悶不吭聲地按下拒接。

「筱安，妳等一下有什麼計畫嗎？」

「沒有耶！我也不急著回家。」筱安瞪大天真無邪的眼睛。「學姐妳想去哪裡？我陪妳呀！」

「不好意思……我要去的地方，可能不是每個人都想去。」芮琦委婉地解釋道：「如果會造成妳的困擾，一定要直接告訴我喔！」

「好啦！」筱安笑道：「到底是哪裡呀？」

※※

接近午夜，兩個清瘦的女子進入嘻哈樂響震雲霄的時尚夜店。一個留著側分內彎髮型的優雅女性，穿著黑色膝上洋裝，另一個長相較可愛的，將頭髮綁成馬尾。雖然兩人外表看起來是淑女裝扮，但舉手投足早已沒有女大學生的青澀。

幾個年輕男孩望著她們買酒，坐在吧檯旁邊輕動肩膀，跟著音樂搖擺。

「哈！學姐，有人在看我們了耶！」

「對啊！週三晚上是淑女夜，但一般漂亮的女生不會這麼早就來，哈哈！

我們算是這裡面還不錯的啦！」芮琦自在地與筱安談天，因為買包廂非常昂貴，兩人索性就在吧檯旁站了一陣子。

其實芮琦並不是很愛菸味、酒味、嘔吐味瀰漫的夜店，上次進來這樣的地方，是兩年前聽表演的時候。但今晚實在太悶了，若不做點什麼與平常不同的事情，就得早早回家面對父母，芮琦實在不願意。恰巧筱安也有玩興，兩人就互相壯膽，來這裡喝酒聽歌，看看人生百態。

舞池邊已經有一個姿色不佳的金髮女生醉倒，一群分不出是友人還是路人的男男女女圍著她。另外有兩位身材好的背影殺手男子，也在舞池中跳著嘻哈的舞步，架式十足。

「學姐，我今天一直要鼓起勇氣跟妳講一件事情……」喝了幾口酒，筱安像是做好心理準備似的，正眼望著芮琦。

「什麼事啊！儘管說呀！」

「我和男友分手了！」

「那個未婚夫嗎……」芮琦是真的深感驚訝。「你們不是已經……」

「我一想到以後的五十年，要跟那傢伙度過，就覺得非常可怕！」筱安一股腦兒地將隱藏已久的情緒宣洩而出，甚至邊說邊掉下眼淚。芮琦又拍又抱，才勉強安撫她的情緒。

「我們早就沒有感覺了……是因爲雙方家庭一直說要結婚，才莫名其妙地開始準備婚事。他真的已經聽不進去我的話了，很多小事情彼此觀念不同，卻都要我忍著……」

「別哭了，我支持妳。」芮琦真心地說，揉揉筱安的肩膀。「還好妳不用嫁給這樣的人了！」

「其實……我覺得很可怕，害怕再度單身，害怕萬一一直找不到男人，家人一定會怪罪我，就像學姐妳一樣……」

雖然無意間被刺了一下，芮琦仍微笑地安撫學妹。她也知道對方沒惡意，畢竟自己的真正狀況，也的確不快樂。

「那就讓我們兩個單身的女生，重新找到下一個可能性吧！學姐我都單身這麼多年了，妳還能破我的紀錄、還能比我慘嗎？哈哈哈哈！」芮琦刻意拿自己的事情來開了玩笑，而天真的筱安也聽進去了。

「說得也是喔！哈哈哈哈！」

雖然有點心酸，但能看見學妹振作起來，再展笑顏，芮琦也真心覺得單身沒什麼不好。

嫁錯人，不是更可憐嗎？

她也不懂父母老想找個人把自己嫁掉的心態。

收拾情緒，兩個女人提起包包搭了計程車回家。爸媽已經睡了，芮琦放心地快步躲進自己的房裡卸妝、沖澡。

此時，她的臉書傳來了訊息。

「妳剛剛也在 IMPACT 夜店嗎？好像有看到妳，還沒打招呼妳們就走了。」

「誰呀？」芮琦對著已經遺忘多時的臉書大頭貼想了一下。

竟然是先前聽獨立音樂時，透過朋友認識的鼓手墨菲。

「哦哦！墨菲！好久不見啊！」芮琦回道。

「真是的，好可惜。」

「改天再約出來吃吃飯啊！」芮琦也不知道自己哪來的衝動，竟自然而然地發出這個邀約。她印象中的墨菲沉默寡言，在一群花心的玩咖帥哥團員中，總是顯得不起眼。但其實在墨菲厚重的瀏海下，有一張白淨的臉龐與正直的黑色眼眸，他爲人和善，也曾經幫過芮琦的忙。

芮琦對他印象不錯。

「可以呀！不要跟我講客套話喔！」墨菲正面回應了芮琦的要求。「我現在也在桃園，一定要約出來見見面喔！妳都什麼時候有空？」

剛從浴室出來的芮琦，擦了擦濕透的頭髮，對著螢幕露出期待的笑容。

07. 戀愛是必需品還是消遣

「戀愛是必需品，還是消遣呢？」凱希想著。

對於此刻的她來說，戀愛或許是消遣。家裡開明，不逼她結婚，父母親從以前就覺得女孩子有自己想做的事情即可，不求硬要嫁個人，偶爾遇到親友八卦詢問，還會替女兒擋掉。不過，這是因爲凱希剛大學畢業時，曾經出過事的緣故。

那件「事」，是指成了他人的小三。當時，對象是爸爸好友已經成家的兒子，凱希只覺得對方長得像電影明星又事業有成，跟著他飛去巴黎渡假，又到夏威夷租了間短期套房。回國發現對方冷卻得快，以爲自己被甩了，才知道這段感情其實從未開始過。

凱希爸爸、爸爸好友、好友兒子和凱希，四人在國內一個渡假村的職場聚會上見了面。凱希覺得對方一直在躲她，又聽到伯伯談起媳婦，才知道，原來他身邊始終有一個「她」。

凱希當場眩暈想吐，溜回飯店休息，爸爸是個聰明人，故意跟當事人攀談幾句，確定自己的推論之後，便沉穩地說：「你家裡的事情要不要好好處理一下，我女兒就不用你管了，我自己會照顧。至於公司的事，我會請你爸爸小心點，他可是很慎重地在考慮你成爲接班人的事喔！」

對方嚇得連連道歉，凱希爸爸隨後回房安慰女兒，訂好隔天的機票，一家人飛出國散心。

因爲怕女兒想起巴黎和夏威夷會觸景傷情，爸爸還特地挑了日本這個國情與建築都十分不同的國家，讓凱希在京都的古都氣息中療傷，她玩了兩個月才回台灣。

從此之後，家裡就對凱希的婚姻不再強求，只會偶爾問她有沒有喜歡的男孩子。

凱希認爲女孩子結婚不算什麼終生大事，老公外遇的大有人在，還不如別從事如此高風險的生涯賭注，談個小情小愛，笑一笑、哭一哭就過了，省得在親友面前出糗。

因此凱希很害怕自己成爲Z與他女友的第三者。

「我好像很容易愛上已經有另一半的男人，但又不想當小三，只好一再讓戀情無疾而終。」

除了Z之外，凱希幾乎忘了重新喜歡上一個「可能」的對象，該是多麼幸福又值得期待的事。

今天，是每月一次和爸媽吃飯的日子，雖然薪水不多，但凱希每個月都會堅持請爸媽吃飯，畢竟心意最重要，爸媽養她養到這麼大，每個月花兩三千元全家人聚一聚，也是凱希很期待的事。每次快到她請客的外食日，凱希都會努力找餐廳資訊、訂位，再把交通位置查給爸爸，一點也不馬虎。

每當坐著爸爸開的車，打扮得漂漂亮亮，在後座跟媽媽一面聊天一面前往餐廳時，凱希都覺得自己彷彿回到無憂無慮的童年時期，永遠是爸媽的心肝寶貝。

這樣的她要是出嫁了，過年過節就必須跟著夫家行動……光是想像那種情景，她就感到頭痛。

三人和樂融融地進入餐廳準備的夜景包廂用餐，精緻的前菜與餐前酒也紛紛上桌。

「女兒最近有什麼豔遇嗎？」凱爸依舊是用幽默的方式關心凱希的私生活。「看妳都好少出門啊！」

「現在年輕人豔遇哪用得著出門，網路上就有很多帥哥按讚啦！」凱媽微笑道。她與凱希彷彿是姐妹，一位穿著酒紅色成熟長裙，另一位穿著淺紫與白色相間的小禮服。

「沒有啦！」一頭紅色長髮盤起，戴著水鑽髮飾的凱希抿了抿唇。「怎麼樣？有對象要介紹給我嗎？」

「是啊！但爸爸看過了，大概不是妳喜歡的類型！」凱爸已經嫻熟地將對方的照片存在手機，順手一亮，凱希看了嘆氣，三人則哈哈大笑。

凱希曾經很排斥長輩的介紹與試探，但爸媽這種年輕又自然的模式，她倒是一點也不討厭。凱爸知道凱希是個外貌協會，他當然會準備幾張說媒對象的照片，以便隨時秀出。

凱希不知道爸媽私下是否也會對親友秀出自己的照片，她不喜歡這種感覺，但現在的長輩早就人手一支智慧型手機了，照片也不可能會是祕密。

「算了，反正我也算上相，被看一下也不會吃虧啦！」凱希心想道。

此時，凱媽像是有心電感應似的，對凱希說道：「對方看到我們女兒像名模一樣漂亮，應該也會自己覺得不好意思吧！」

「是啊！我都會直接跟對方說，我女兒很漂亮吧？她很乖也很賢慧啦！不過你也要有接受她每天都很正的心理準備喔！哈哈哈！」凱爸開玩笑道，三人笑成一團。

「你這樣說就太欠揍了！」凱希說：「對方一定覺得你們把我當小公主，一家人都很難搞。」

「就算是這樣又怎麼樣？妳不是自己也說，不要除夕跟著老公回家煮飯累得要死，想要兩家人輕鬆地出國去玩，讓老一輩順便渡假？」凱媽反駁道。

凱希想想，倒也對，如果對方誤會自己勤奮又事事以夫家爲重，那才是天大的誤解。沒想到爸媽倒比自己真實多了，把一切都說清楚，能接受的才來。只是，講了這麼多婚後的光景，身邊卻連一個戀愛的對象都沒有。凱希自己也感到空虛。

「不過，爸爸剛剛說的都是玩笑居多，要是有真心喜愛的男人，哪怕是對方父母重病需要照顧，或者是事業要幫忙，妳都會赴湯蹈火去做的，對吧？」凱爸認真地望著凱希的眼睛。

「嗯……很難想像吧！畢竟我身邊又沒有這種人！」凱希聳聳肩。

其實，她深愛過的那幾個男人，哪個讓她不想嫁？凱希也曾幻想過自己與Z在他家煮羹湯、服侍他那位失智症阿公的模樣，其實不怎麼苦，也不會太可怕。這大概就是真愛的力量？

可惜啊！可惜！這位真愛與她之間一直存著巨大的障礙——那位正宮女友。

爸媽也不是不曉得Z的存在，雖然他們夢想的女婿是個事業有成，或者至少是個肯拚肯衝的創業族，而Z一直都只是個潮流品牌的店員……但凱爸凱媽愛極了自己女兒因爲戀愛而快樂的模樣，自然不可能對她喜歡的對象挑三揀四。

此時，望著陷入沉思的凱希，桌邊的凱爸與凱媽互使了個眼色，彼此點點頭。

「嗯……那個Z，要結婚了嗎？算算他年紀跟妳差不多，二十七八歲了吧？」凱媽小心翼翼地問。

凱希忽然感覺眼眶泛紅，爸媽好意關心自己的私生活，她其實是非常感恩的。不知不覺，凱希便把最近又遇到Z，以及他將情侶合照換成單人大頭照的事情，全都說了。

「換照片應該是有原因的吧？」凱爸率先問道，眼神也變得銳利起來。

「搞不好他臉書狀態也偷偷改掉了？」凱媽慫恿著凱希立刻打開臉書查看。

「哎唷！你們很煩耶！」抱怨歸抱怨，凱希的苦笑卻有那麼點甜，塗滿漂亮指甲油的手指，也飛快地在手機上點按。

「沒有，他的感情狀態移除了，什麼都沒寫。」

「哦！那至少，他不想讓大家知道自己現在有沒有女友。」爸爸還在抽絲剝繭。

「女兒，妳怎麼不再試試看呢？」凱媽換上一個嚴肅的表情，雙手輕輕按在凱希身上。「反正妳現在又沒有喜歡的人，就當作賭一賭嘛！搞不好這次能追到。」

「是啊！去年沒追到，現在剛好有機會，怎麼不再試試看呢？」凱爸舉起酒杯，故作慎重地說：「我們都支持妳啊！」

凱希結巴起來。「可……可是，他可能還有女友啊！」

「有女友算什麼！現在台灣女多男少，哪個好男人沒有女友啊？」媽媽也加入舉杯行列。「來，妳認真面對自己的心一次，是不是還忘不了他？女友又不等於老婆，努力爭取有什麼不對？妳去職場面試，競爭者都不只一個人了。」

「對……」凱希感受到心底湧起一股騷動與雀躍。她的好勝心被燃起了。

「我一直覺得，全世界就我跟他最匹配了……」

「那就好了啦！搞不好對方正在分手前夕，剛好需要妳這樣的刺激。」

凱爸用充滿磁性的嗓音分析道：「就算妳不出手，也會有其他的女人出手，到時候他真的換了個女友，那人卻不是妳，豈不嘔死了？」

「真的，我至少得採取一點行動……看他最近這麼不快樂的原因，到底是什麼。說實在的，看他發了那些不開心的動態，我既心疼又著急啊！」

「唉！還等什麼，回家馬上動作，別紙上談兵了。」凱媽露出世故的微笑。

「你爸當年也是費盡一番功夫，才把我從一個不適合的男友身邊搶走的。我當時還不曉得自己跟錯了人，傻傻地以爲身邊的人最適合自己。」

「有這回事？」凱希瞪大眼睛，望向凱爸。

「哎唷！把我講得這麼兇，哪是搶，我是積極爭取而已，不努力點，妳媽條件這麼好，哪會看得上我？當時的我還又矮又土呢！」凱爸呵呵笑道。

一場敞開心胸的親子飯局，讓凱希再度燃起了希望。

試著做些什麼，總比束手旁觀又自怨自艾的好。

「到時候如果真的不行，我至少也盡力了，可以毫無遺憾地放下了。」

凱希舉起酒杯，將香醇的葡萄酒一乾而盡。

※※

擇日不如撞日，吃完了滿足的一餐，凱希回家一卸完妝就坐在電腦前。

「戀愛是必需品還是消遣」這件事，凱希想通了。遇到Z這種能讓自己掏心掏肺的對象，戀愛就不會是「消遣」，而是生命中的「必需品」。

她擬好作戰計畫，傳了臉書訊息。

「對不起，那天對你很冷淡，工作剛好在忙啦！下次我請你喝飲料補償你吧！」

「怎麼忽然爲了兩星期前的事情道歉呀？」Z也不是省油的燈，直接問了。

「沒有呀！」凱希用微甜的嗓音說道：「上次就真的對你很抱歉，其實想好好跟你聊幾句的。」

「對啊！妳應該是很忙，一溜煙就上樓了。」Z爽朗地說：「那妳想約哪？來店裡找我嗎？」

「一起吃飯吧！每次去你店裡我都會被你迷惑，買了一堆衣服。」

「哈哈哈哈！」Z笑了起來，凱希心想今晚的對話大概頗有進度。但感覺得出來Z沒在第一時間答應兩人一起吃飯，而是要凱希到自己打工的地方來，或許也有些顧慮。

「不管怎麼說，都已經約成了，我就不要再想東想西了！」睡前，凱希對自己微笑道。

接下來的這兩天，她換了新髮色，將招搖的紅髮與過長的夢幻長度給剪了，換上好女孩味十足的蜜糖棕色，還將頭髮洗直，又剪了瀏海，瞬間變得甜美可人，年輕了五六歲。

在凱希身處的模特兒事務所中，每一兩個月就大換髮型的女孩多得是，凱希每次看到她們「變髮」，心就會癢癢的。好不容易有了重新開始的契機，換了新髮型的她感覺煥然一新。

「終於不會想睡了喔？」攝影助理羅杰拿著器材，經過振筆疾書的凱希身邊。「看妳精神好很多嘛！」

「有嗎？我今天早上有喝咖啡啦！」面對朋友的關心，凱希放下筆，神清氣爽地正視著羅杰。

太久沒認真看著對方的眼睛答話，凱希有種想好好問候對方的氣氛。她也不知道自己是怎麼了，對待人事物都忽然更認真了起來。

「羅杰，你最近還好吧？跟我介紹給你的那個女生怎麼樣了？」

「妳怎麼了啊？正經八百的，我已經一陣子沒跟芮琦約了，怎麼了？她說我什麼了嗎？」

「沒有啊！我只是忽然想起還有這件事。」凱希聳聳肩，眼神飄向螢幕上的新電子郵件。「你對她有意思嗎？」

「不喜歡也不討厭，不過前陣子週末都在加班，沒有約她。」羅杰雲淡風輕地說。「所以……要跟妳報告比較好嗎？」

「不……不用啦！這樣反而怪，我只是隨口問問！」凱希揮揮手，要羅杰走開。

羅杰也沒有什麼被介紹的經驗，愣頭愣腦地走開了。看來芮琦沒跟凱希說他的壞話，芮琦果真也挺上道的。

凱希伸伸發痠的脖子，迅速回完信後，她走向透進陽光的攝影棚，攝影師與助理們正在測光架設器材，道具師忙著在地上擺設秋冬單品的場景，在人造草皮上擺上野餐籃與新鞋款。

凱希望著天窗上的藍天微笑。

看來，今天也會是很棒的一天。

08. 從心開始

筱安結束一天的公務員生活回家，揉了揉發僵的肩膀。上週，她在臉書上發了篇聲明，宣佈自己的婚約取消了，與男方和平分手，無奈對方竟在下方留言說她是因爲另結新歡才想悔婚，搞得雙方親友就在臉書上鬥法起來，引發連續兩三天的口水戰。

畢竟交往了十幾年，無論在現實或者虛擬的世界，雙方都有許多共同好友，筱安原本想低調地度過這段時間。但因爲男方分手之後就率先上臉書發抱怨文，許多親友紛紛向筱安詢問，逼不得已，她只好另外發文說明自己的狀況。

「唉！我沒做的事情就是沒做，爲了避免大家都覺得我劈腿，我還是有必要說清楚啊！我不替自己出聲，誰來替我出聲呢？」

已經連續好幾天，下班後還要回家查看臉書留言，筱安避免發新的動態引人注目，只希望風波快點平息。

讓她意外的是芮琦竟然數次出面留言替自己辯駁。

「我是筱安的學姐，從學校一直來往到現在。從以前到現在，我眼中的筱安是個踏實又真誠的好女孩，她永遠只和一個男孩交往，每次交往都是以長久為前提，讓我很羨慕。而出了社會之後她也未曾變過，雖有人人稱羨的公務員工作，前陣子又傳出喜事，卻依舊保持低調謙虛，連穿搭風格都跟以前一樣，可愛又沒有心機。這樣的筱安，你們指望她做出什麼負面的事情？婚姻和戀愛都是當事人的事，偏偏有人只聽了片面說詞就來指責她，請問憑什麼？如果無法祝福筱安的決定，也無法理解，那麼拜託你們先管好自己，不要老是來插手別人的感情狀態！」

芮琦的留言獲得了二十幾個讚，原本憤慨的男方親友也因為芮琦的指正而平靜下來。

「臉書任何訊息的保質期也不過就是那兩三天，時間一久，根本不會有人記得自己到底說了什麼，都是想看熱鬧而已，妳不必在意。」芮琦還發了簡訊給筱安打氣，筱安雖然心情煩躁，無法擠出太多感謝詞，但仍回傳了簡短的訊息，感激芮琦的幫忙。

她這才知道，原來身旁有個挺自己的人，非常重要。凱希雖然也有留言打氣，但最近的她換了新髮型，每天仍花很多時間更新自己的自拍照，也無暇給予太多慰藉。

「凱希真的是喔……虧我先前還想請她幫我介紹男朋友，到底這是不是個好主意呢？」

忽然單身了，筱安多出很多時間。不再需要報備行程及討論約會該做什麼，週末也可以睡到飽，更不用忍受男友蓬頭垢面又姍姍來遲的身影。筱安給自己規劃了一段花東的小旅行，打算過幾天就出發。

「又得從零開始了……活到適婚年齡才忽然單身，說不怕是騙人的。但原本的感情真的越來越不快樂，騎驢找馬的心態也很要不得，才會想要分手。」

筱安開啓了荒廢四五年的部落格，重新以心情雜記的方式記錄生活。

在前往花蓮的火車上，筱安拿著平板電腦回顧自己大學時的網誌文章，那些遺忘的前男友臉孔及他們交往時的小習慣，也一一浮現在眼前。

「芮琦學姐說過羨慕我，總是男友走了又來，都不會有空窗期，但感情這種事情又沒有履歷，失去了就是失去了，什麼也不會留下，經驗多也沒用……再說，我以前的男友都是在讀大學時認識的，當時年輕，校園又很大，機會很多……出了社會之後，辦公室就那幾個已婚的男人，怎麼會有機會去認識新的異性呢？唉……」

筱安不禁覺得，自己才剛剛單身都怕成這樣了，那長期單身的芮琦學姐，不是比自己更絕望、更無助了嗎？學姐年紀還比自己大，親友們會拿來說嘴也不難想像……

「越來越敬佩芮琦了……應該跟她學學，怎樣才能一個人也活得開心。」

獨自踏上旅程的筱安，吃了個鐵路便當之後，就抱著平板打起瞌睡。

她的花東小旅行計畫如下，先到自己一直想去的夢幻民宿，再去海邊走走。隔天早起去賞瀑布、泛舟、品嘗小吃，第三天早上收拾行李，下午到傍晚之間返家。

「累積了好久的假沒休，想不到是用在這種時間點上，而且我也不敢一個人外出玩太久，怕會覺得寂寞，只好去個三天兩夜就回來。」

但畢竟是旅程的第一天，筱安仍興奮大過於寂寞，出車站之後瞎逛了一下，就叫了計程車前往民宿。

民宿是看得到海景的熱帶建築，全木造的房間與整面牆的面海落地窗，讓筱安感到心曠神怡。

「太好了，房間既寬敞又涼爽，我超喜歡！」放好行李，換下滿是汗水的衣物，筱安揹著數位小相機隨處走走。

花蓮的清新空氣，讓她整個人都神清氣爽了起來。有沒有男朋友也不重要了，她待在公家機關的小小辦公室太久了，週末也老是跟男友去那幾個老地方，她這才知道原來生活注入點新鮮感，是件讓人如此暢快的事情！

※※

「哇！真羨慕筱安，看來她玩得很開心！」下公車前，芮琦用手機刷到了筱安的動態。花蓮的海景真不是蓋的，看得芮琦也想立刻出遊。

不過她當初沒有硬要陪筱安旅遊的原因是，有時女人一個人出去走走，得到的收穫會更大……

「芮琦！」染著輕盈棕髮、模樣時髦的黑衣男子朝芮琦揮了揮手。市區的一間日式料理店前，站著如此親切又熟悉的身影。

「嗨！墨菲！」是先前相約吃飯的鼓手墨菲。

「好久不見啊！」墨菲稚氣地微笑。「我看妳的臉書大頭照，從剛開始的長直髮變成內彎，接著又剪短，現在還染深了呀？」

「你一直翻我臉書大頭照幹嘛啦?」芮琦竊喜地反問道。雖然已經年近三十，但自己的照片被墨菲這種有魅力的人關注，她當然很開心。

今天的墨菲帶著一些調皮又清新的感覺，原本頹廢的鼓手長髮剪短了，看在芮琦眼底，他也年輕許多。

「當然要先翻一下大頭照，以免我忘記妳長什麼樣子，認不出來啊!」墨菲回答。

「可惡啊!所以你真的忘記我的長相?」

畢竟一兩年沒見了，芮琦並不怪墨菲，雙方本來在臉書上也只是點頭之交，偶爾因為朋友的關係互相幫過一點忙而已。

兩人進了日式料理店，不約而同地點了烏龍麵。

在等菜上桌的期間，芮琦已經熱烈地與墨菲聊起來。「聽說你搬來桃園了?怎麼不繼續在台北打拼?」

「我在台北的團已經解散了，剛好我媽去年底開刀，我就順勢在家裡住下來了。」墨菲做出一個連自己也不敢相信的表情，讓芮琦哈哈大笑。

不曉得為什麼，原本微笑時會用手遮嘴巴的芮琦，在墨菲面前即使穿著一襲洋裝，也笑得豪邁、放得特別開。

雖然希望自己在墨菲心中留下好印象，但芮琦給墨菲的第一印象早已發生在她此生體重最驚人的時候，對於墨菲如何想她，芮琦已經不強求了。

「住家裡之後，因為難免爸媽也需要用錢，我也不好意思上演那種窮困音樂人的把戲，都這麼大了，當然要找個工作養活自己啊！現在在科技小工廠當領班，一開始輪三班，現在不用了，還算穩定啦！所以如果有需要去台北表演，我寧願通勤過去，也不要把薪水花在房租上，還住得沒品質。」墨菲短暫報告完自己的近況。

烏龍麵端上來之後，兩人就專心地吸著麵條。

如果這算是約會的話，氣氛還真有點怪，並不是尷尬，而是一點也沒她和羅杰在唯美咖啡館喝茶的那種浪漫。不過，跟墨菲在一起挺舒服的，可以把小腹吃到撐撐的，也能放鬆大笑。若芮琦下次只上個眼線就出門，墨菲看她的眼神大概也不會改變。

原來對方是那種能當好朋友的類型，並不如自己先前想的那樣悶騷沉默。芮琦對墨菲改觀了。

同時，她對他的感情狀況也開始好奇了。

「到底要直接問他有沒有女朋友，還是旁敲側擊，才顯得自己沒有其他用意？不，我好像真的有那種意思，也開始覺得墨菲不錯了。」芮琦接觸到墨菲真摯透亮的眼神時，雖然不會緊張得小鹿亂撞，但肌膚上的確有種微妙的觸電涼意在遊走。

不知不覺，聽到墨菲說起樂團和音樂時，芮琦甚至起了雞皮疙瘩。

「要續攤嗎？」墨菲看了看手錶。他是少數不碰手機，而是直接看錶的人。芮琦發覺自己也開始注意起墨菲的小細節。

「很想更瞭解他……」

或許，這才是戀愛的感覺。她不好意思地想，自己都一把年紀了，竟還會有這種小女生的心情。

「不過，不管幾歲都會爲戀愛心動，這也不是可恥的事呀！」

見芮琦發呆，墨菲一頭霧水地問：「芮琦，妳還想去哪裡走走嗎？」

「可以嗎？已經快九點了，你不需要向女朋友報備嗎？」芮琦旁敲側擊地問。

她期待著墨菲的答案。

墨菲又看了一下手錶，想了幾秒。芮琦正想著這樣的停頓是什麼意思時，墨菲爽朗地微笑道：「不需要，沒有女友，何來報備呢？」

「是喔！」芮琦偷偷開心了一下，又默默告訴自己要收斂表情，鎮定一點。

「很驚訝嗎？」墨菲反問：「妳自己還不是沒有男朋友！單身不行嗎？」

「你又知道我沒有男友囉？」芮琦故意與他抬槓起來。

二十分鐘後，兩人已經移動到酒吧沙發上小酌，就像先前與筱安約會那樣。

兩人只叫了冰啤酒，簡簡單單地慢慢喝。根據之前的經驗，芮琦自然知道這種場合還是要小心爲上。芮琦與墨菲保持著面對面的姿勢，就是怕他趁著醉意對自己動手動腳。

「我會不會想太多了？是說，如果是喜歡的男人，跟他耳鬢廝磨一下或許也還好吧！我都要三十歲了，應該沒關係吧？好萊塢電影不都這樣演嗎？」芮琦邊喝邊理智地想。她先前就曾被好友麗麗說過太「矜持」了，一臉嚴肅又僵硬的模樣，可能真的會讓有意思的男性打退堂鼓。

「不，尊重我的人應該就不會動手動腳吧！如果第一次約會就想碰我，那這種男人不要也罷！」芮琦又開始認真地分析眼前的一切狀況。

「妳怎麼了啊？身體不舒服嗎？」墨菲看到芮琦一臉放空樣，有些擔憂地問。

「沒有啦！我只是在想事情。」芮琦尷尬極了，她一方面厭惡自己總是小心翼翼又想太多，一方面卻很希望墨菲能夠展現更多對自己有「興趣」的表現。

不過，墨菲並沒有在酒精的催化下迅速拉近與芮琦之間的距離，反而是專注欣賞酒吧中的樂團表演，時而跟著拍子點頭，時而啜飲幾口。

時間差不多了，墨菲送芮琦搭計程車回家，之後自己也搭同台計程車返家。

「為什麼覺得今晚滿空虛的……」芮琦只是希望墨菲多在乎自己一點，但看來兩人之間似乎沒什麼火花，讓她感到失望。

「是我太飢渴了吧？才第一次約會而已，我竟然會想要跟他相處久一點，還跟他去喝酒……對凱希幫我介紹的那位台北小男生羅杰，我可是很安分守己啊！」

說到羅杰，芮琦想想也已經一個月沒跟對方聯絡了。

是否要主動邀約這週末的行程呢？想來想去，芮琦雖希望有異性陪伴，卻又不知道這幾段感情能發展到哪裡。

爲了約會而約會，卻又不知道自己要什麼的日子，竟是如此不堪……

她沖了個冷水澡，試著讓自己平靜下來。

「身邊這兩個約會對象，我都還不瞭解他們，也沒機會讓他們瞭解我，現在想這些，太不切實際了！既然都不是很排斥的話，就繼續慢慢來往，多認識對方一點再做決定吧！已經單身這麼多年了，沒必要急於一時。」

芮琦邊吹乾頭髮，邊下定決心。心情也終於平靜了些。

09. 收心之旅

筱安仍在花蓮旅行，第二天一早的行程是泛舟。

不只換上泳衣、深色上衣與短褲，包包內也準備好隔離濕衣物的塑膠袋，筱安可以說是考慮得很周全。

「雖然準備了這麼多，出發前也預約了泛舟教練，但還是很緊張啊！」仍不太習慣一個人出遊的筱安，果然把相機忘在車站，又花了二十分鐘折返去拿。

等到真正來到泛舟地點，望著下方的壯麗溪谷時，筱安已經遲到了半個多小時，她登記的教練也已經出發了。

「我們不會虧待妳啦！如果編號查得到，就是有報名成功，我再重新幫妳安排一位教練、一艘船，這樣就可以了。」綁著馬尾的櫃臺小姐，安撫著憂心忡忡的筱安。

「阿明！你幫文哲帶一下這位小姐，幫她安排一艘船！」小姐很快就幫筱安找到另一名黝黑精壯的中年教練。

「幾個人？」教練問筱安。

「一……一個人。」原本以爲教練會不接受，筱安戰戰兢兢地說。

「一個人喔！這樣妳要和陌生人併船喔！可以嗎？」戴著紅帽子的教練左顧右盼。「我要不要幫妳安排到都是女孩子的船？因爲會跌來跌去，有些女生不想和不認識的男生同船啦！後面剛好有一艘船是三個女大生，這樣可以吧？」

「可以，很好！」聽到教練的安排，又看到身後的確有三個女生在排隊等船，筱安安心了。

雖說是船，但其實就是泛舟的小舟，每艘船搭配一名教練、四個學員。

轉過身，筱安急忙往那三個女大生旁邊黏了過去。對方青春洋溢，素顏的臉上充滿神采。

「嗨！我可以跟妳們同船嗎？教練叫我來這裡的。」筱安有禮貌地詢問。

「好啊！排我們後面吧！」女孩們讓出位置給她，筱安終於暫時安心了。她拿起相機對著壯麗的溪谷拍拍照，又忙著一張張檢查照片有無拍好，等回過神來時，前方的三個女大生，變成了四個人。

「小文，妳上廁所怎麼那麼慢！都快輪到我們了！」

「抱歉啦！回來時迷路了！」

原來女大生一直都是四人行，而泛舟皮艇正好就是四人一張，看來是無法與對方同船了。

筱安的心往下沉，轉頭望向後方。

「哈哈哈！不要推啦！白痴！」三五個穿著無袖背心，渾身臭汗的男大生正在幼稚地彼此推擠打鬧。筱安不禁翻了個白眼，如果和這種人同船，萬一自己不小心被推下皮艇，該怎麼辦？

「同學！往前！」負責剪票的女教練不耐煩地對著筱安與男大生招手，顯然以爲她們是一起的。

「不好意思！妳是要和我們一起嗎？」一個濃眉大眼的黝黑男孩問筱安。

「我也不知道……」

「來，妳來，套好！」女教練一一將救生衣塞給筱安與身旁的男孩們，看到筱安一臉不願意，臉色又變得更臭了。

「都這麼大了，還扭扭捏捏的做什麼？不想玩沒關係，救生衣還給我！」教練指責道。

「可是我費用已經付了耶！」筱安不開心地頂嘴，無奈地望向坐上皮艇的三個男生，他們回頭沉默地瞧著她，很顯然是在等筱安上船。

「來吧！」黝黑的濃眉男孩微笑，主動伸手想牽筱安上皮艇，這下筱安也騎虎難下了。後方是一群家長帶著十四五歲的青少年，顯然是家庭出遊，跟他們擠一艘船會更顯詭異，筱安只好套上救生衣，抓住男孩的手。

她還沒坐穩，教練就忙著教男孩們用槳，艇身因此劇烈晃動，嚇得筱安連忙驚叫。

「等一下！啊啊！」

「冷靜，不會掉出去的，妳這樣蹲在旁邊才危險，坐好！」艇上的男教練將槳遞給筱安，在她搖搖晃晃地坐好前，旁邊的黝黑男孩都緊緊地扶住她的手。

「謝謝……」筱安總算安頓好自己，勉強拿起槳揮了幾下，冰涼的水流滑過艇外，涼意也傳達到筱安的大腿邊，讓她緊張萬分。

「走了！」教練猛然一推皮艇。

「呀啊啊！」艇身立刻順著湍急的冰流滑下，筱安抱住槳緊閉雙眼，只覺得頭暈目眩。

「不要怕啦！」旁邊的男孩安撫著她。

「亞恩，這是你女友喔？怎麼現在才出現，哈哈！」前方的男孩看到筱安被同伴呵護備至，故意虧他道。

「少在那邊說風涼話啦！」被稱作亞恩的男孩雖然不敢隨意碰觸筱安，但當每次艇身撞向河床石塊時，他都不忘伸手拉住筱安救生衣上的帶子，替她穩住重心。

「謝謝……謝謝。」經過幾次震撼教育式的碰撞，筱安終於能接受泛舟的刺激，雙手不再緊抱胸前，已能抓起槳，勉強在水中推幾下。

「唷呼！」遇上岩塊或者皮艇猛然轉向時，男孩們總是興奮地大吼，一開始覺得他們頗吵的筱安，最後也情不自禁地加入吶喊的行列。

將心中壓抑的苦悶喊出來，把沉在胸口的壓力盡情釋放，隨著皮艇一路往下，冰涼的溪水衝入衣服縫隙，濕透的筱安舉起槳歡呼。

「好棒！妳抓到泛舟的重點了！」教練也不忘回頭鼓勵筱安，畢竟剛上艇時，她彆扭又僵硬的模樣讓大家都十分擔心。

當皮艇一路循著壯闊的溪谷滑向終點，筱安心中竟然有種悵然若失的感覺。

「好，到了，大家要小心下船，船底現在都是溪水，不要踩空啦！」教練叮嚀著，男孩們一一跳出皮艇踩進冰涼的淺灘中，而當教練伸手想扶筱安時，亞恩又主動伸手牽住了她。

「好好玩，真想再來一次！」她轉頭對著亞恩說。

這是她第一次主動跟他說話，亞恩用力地點著頭，笑得像個小男孩一樣。

大概是有原住民血統吧？筱安問他是不是本地人。

「本地人不會來這裡泛舟啦！我是原住民沒錯，但我是屏東人，不是花蓮人。」亞恩解釋道。

「哦哦……」筱安摸了摸衣服，整理濕透的長瀏海。

「盥洗室在那邊，可以去沖澡、換乾的衣服。」教練指著前方的更衣梳洗隔間。

「咦……」筱安這才驚覺自己兩手空空，原本裝好換洗衣物的防水包，不知何時竟然不翼而飛！

「怎麼辦……」她試著告訴自己冷靜，但一想到萬一東西再也找不回來，自己豈不是沒了錢包、沒了衣服，就這樣濕答答地回旅館？

一個人旅行的壓力瞬間襲來。

「怎麼了？東西不見了嗎？」亞恩發現筱安的異狀，連忙跟在一旁詢問。

「嗯……」

「不要急！如果需要錢，我可以先借妳，不然……我們先去問教練吧！」

「教練……」筱安努力收斂惶恐的表情，雙腳發軟地朝教練走去。「我的……我的包包不見了。」

「哦！我就知道！妳們這些迷糊蛋！還會掉在哪裡？一定是放在上游了，對不對？」教練一臉稀鬆平常的模樣。

筱安紅著眼眶，慌亂地回想著，自己方才排隊等搭船時，還從包包拿出相機拍照，緊接著……

「我好像是換救生衣的時候，先把包包放在一旁，結果就忘記拿，直接上船了。」模糊的記憶，讓筱安十分惶恐，但她努力說服自己，包包並沒有弄丟，一定是放在出發處，忘了拿罷了。

「我就知道！好啦！妳不要這麼緊張，這種事情很常見，我問一下上游的教練。」教練碎碎唸著，拿出手機。

聽著教練聯絡其他員工，筱安的心七上八下，萬一包包不見了，自己可能真的得跟亞恩借錢了，包含民宿的住宿費和回家的車錢……

「沒事的。」亞恩堅定地對筱安點點頭。他自己也渾身濕透了，卻沒跟著夥伴去沖澡更衣，除了感到丟臉至極之外，筱安也對亞恩感到不好意思。

「好啦！妳不用擔心，上游的教練早就注意到妳的包包了！她們把妳的包包放在下一艘出發的皮艇上，五分鐘後就會到我們這裡了。」

「啊……真是太謝謝了。」看到教練篤定的神情，筱安吐了好長一口氣，原本含在眼底的淚意也終於收了回去。

亞恩也在一旁燦爛地笑著，替她開心。

「太好了，我不用借妳錢了！哈哈！」他幽默地說。

「謝謝你，剛剛你要是沒安撫我，我可能就直接大哭出來了。」筱安真心感謝著亞恩，雙手合十，露出可愛的坦然笑容。

亞恩愣了一下，有些彆扭地笑著。「沒有這麼誇張啦！我看妳敢一個女生跑到這麼遠的地方旅行，還來泛舟，也是滿勇敢的啊！」

「哪有……我只是逼自己要獨立一點而已，結果……還是迷糊又愛哭。」筱安苦笑道。

「不會啦！」亞恩認真地回答。「妳接下來的旅行也是一個人嗎？如果還需要幫忙的話，就打我手機吧！我這一週都在花蓮喔！」

沒想到對方如此貼心，筱安還沒來得及回應，亞恩已經跑到販賣部的櫃臺，伸手借筆，抄了自己的手機號碼遞給筱安。

「謝謝，等我一拿到包包，就把你的號碼輸入手機。」她緊緊捏住紙條，露出感激的微笑。

「不客氣啦！」

下一艘皮艇從上游滑下，筱安的教練對她招了招手，示意包包已經跟皮艇一起抵達了。

「快去拿包包吧！再見喔！」亞恩說。

「嗯！」筱安一心急著拿回包包，草率地揮了一下手，就頭也不回地朝教練跑去。

接下來的一整天，她都爲了自己這個舉動感到抱歉萬分。

「那麼善良的人，我竟然連好好看著他的眼睛說再見，都沒做到。唉……」

盥洗之後，一身乾爽的筱安搭著公車下山，透過車窗瞥見徒步行走的男孩們時，她竟不自覺地起身查看。

「那不是亞恩……大概早早就離開了吧！」筱安感到很失落，但仍勉強打起精神逛了幾個當地的藝術市集，買了些小配件安撫自己的心情。

晚上到夜市吃了點東西，望著情侶你儂我儂，她仍不忘注視著夜市街道上擦身而過的一群群男孩子。

晚間九點，筱安回民宿盥洗，將包在塑膠袋中的濕衣物從包包中取出。

「咦……」

一張被壓得很皺的紙條飄了出來。

「啊！這是……」亞恩清秀的手機號碼字跡，讓筱安後知後覺地想起他曾留過手機號碼給她。「我忙著拿包包去換洗，竟然連這種事都忘了……」

筱安望著號碼，愣愣地掏出自己的手機，將亞恩的名字輸入到通訊錄。

這一刻，心中竟然有些酸甜的微妙感受。

「我是真的喜歡他嗎？還是……只是習慣有人陪的日子？」筱安心情十分矛盾，以往的每任男友，都是因為熱烈追求才讓她動了情。筱安很喜歡那種被捧在手心的感受，甜言蜜語和送花的追求模式，讓她覺得倍受寵愛，才會動了想交往的念頭。

如今，要她主動聯絡亞恩，筱安覺得十分彆扭又不習慣。

「要怎麼主動打電話給男生啊？他是說有需要幫忙再找他……我這樣亂打，會不會很像在纏著人家啊？」筱安苦思了一整夜，從沒覺得自己如此窩囊過。看來，在感情中主動的那一方，真的需要很大的勇氣啊！

然而，隔天清晨起床刷牙時，筱安發現手機的ＬＩＮＥ上竟然多了亞恩的邀請通知。

「啊！原來如此……我的有自動根據手機號碼加帳號的功能！哇！真是感謝上天有這個功能！」內向的筱安終於發現突破點，立刻傳訊給亞恩。「嗨嗨！早安！我不太好意思打給你，傳簡訊也不曉得要傳些什麼……還好有你的ＬＩＮＥ。」

「又沒關係！」亞恩似乎也很早起。

上午七點半，光是讀著他打的訊息，就感受得到他的活力。

「妳要在花蓮待到什麼時候呢？」

「今天下午就要走了，昨天你們走之後超無聊的。」筱安想了又想，機會不待人，雖然不知道這段緣份將如何發展，但她還是決定鼓起勇氣面對。

「今天我沒有行程，跟你們會合可以嗎？」

傳完訊息後，她緊張得猛吐氣，還衝到浴室潑水洗臉，讓自己冷靜下來。等到走出浴室時，筱安顧不得雙頰還濕漉漉的，連忙拿起手機查看回訊。

「好啊！一起玩啊！我會跟我朋友說的！」亞恩爽朗的回覆，讓她安心不少。

「還好我有準備好看一點的衣服……」筱安趕忙將乾淨的衣服包打開，筱安穿上繡花的白上衣，配上牛仔短褲，方便活動。照起鏡子時，也顯得清新又淑女，她很滿意。

「妳吃飯了嗎？要不要一起去吃海鮮早餐？」亞恩不一會兒又提出了具

體的邀請。

搭車來到會合地點時，已經是八點二十分了，筱安原本以為自己會見到昨天那群臭男生，沒想到亞恩竟是單人赴會，讓她又驚又喜。

「哈囉！」亞恩從公車站牌後方走來，朝她揮揮手。「不好意思啊！我朋友說要去海邊，但還在賴床，我晚點再跟他們會合就好囉！先陪妳。」

「哈哈！抱歉耶！」

「有什麼好抱歉的啊！我剛好肚子餓了，正想吃這裡的海鮮早餐啊！」這間面海的大平房早餐店的確很有名，非洲布置風格也讓人覺得抒壓又有趣。

整頓早餐，筱安都望著亞恩俊美的五官發呆，他也似乎對她很好奇，但雙方聊得越多，筱安就越感到氣餒。亞恩是屏東人，剛從台南的大學畢業，年底想出國到帛琉工作一年，在那裡當華語文老師。

遠距離的出國計畫，讓筱安原本甜蜜與興奮的心情變得低落。

反倒是亞恩，不管筱安回答什麼，他都一副了然於心的自在模樣。筱安不曉得他是對她的事情不在意，還是只將她當作一個聊天的伴而已。

「算了，是我自己不切實際……才剛遇到不錯的對象，立刻就發花痴，搞不好對方有女朋友，只是愛搞曖昧也不一定。」

但在之後的談話中筱安發現，亞恩也剛結束一段長達五六年的感情，所以單身與否已經不再是個問題。

兩人一起隨處走走，互相開玩笑，打探對方的感情狀態，讓筱安又燃起一絲希望。雖然亞恩有著筱安過去一向很討厭的缺點——抽菸。

「現在男孩子不抽煙的很少了，再說平常我們吃煙燻的食物，換算起來也等於吸入好幾根菸啊！我要放寬心……」戀愛就是一個取捨的過程，筱安雖然認為未來雙方交往的可能性不高，但卻感到意猶未盡，她漸漸地有了想與亞恩發展看看的念頭。

幸福的時光總是短暫，下午了，該是筱安要搭車的時間了。

當亞恩送她到車站時，雙方的心情明顯都受到影響，亞恩勉強擠出幾個笑容，不捨地和筱安道別。

「一路順風喔！」

「嗯……有機會再去台南找你玩喔！」

「好啊！我也會到北部找妳的！」亞恩猛力揮手的模樣，看起來有些滑稽，不過他認真的臉孔，可是一點玩笑的意思都沒有。

筱安十分感動，就在她還想回答些什麼時，火車緩緩開動了。

亞恩的身影越縮越小，再也看不見了。

「唉……我都幾歲的人了，還搞得像小學生戀愛一樣。患得患失。」筱安一面安撫自己別想太多，但心底還是覺得自己太蠢了。倘若昨天主動一點，也不至於浪費能與亞恩相處的時間。

「不要哭了。」LINE上傳來亞恩的訊息，讓火車上的筱安破涕為笑。

「我才沒有哭，只是紅了眼眶而已。」她回道。

「讓我們期待下次見面吧！」亞恩回覆著，筱安心底暖暖的。

10. 改變遊戲

有一句話是這樣說的，要改變遊戲，首先就得加入遊戲。

對於芮琦而言，此話再正確不過了。這幾天，她都羨慕地望著筱安的臉書打卡紀錄。雖然自己的財力與休假彈性並非無法去渡假，但手頭上的相親銀行專案正如火如荼地進行著，怪咖業務小茂也經常來找她討論，一坐就是一小時，這讓芮琦感到很煩躁。

「看來筱安也挺主動的，和旅行認識的玩伴還能保持聯絡！真好耶！說是下個月要去台南……」芮琦很想停止這種邊刷臉書，邊羨慕的行為模式。她當然都知道人們總將最好的一面放在網路上展示，但自己無論怎麼擠，每天都只有乏味的工作與愛碎碎唸的爸媽，回家就累得不想動，讓芮琦感到很無力。

「我真的該找個重心，不該用『工作很忙』當藉口，畢竟，我才是那個讓工作佔據我生活的人！錯的是我！」芮琦認真地想道。

手機又傳來相親銀行業務小茂的電話，這兩天就要正式印製文宣、拍攝廣告了，要聯絡的事情較爲繁雜，芮琦也只好接起電話。

「張小姐，明晚可以吃個晚飯嗎？有些事還要討論。」

「可是昨天不是才剛開過會嗎？」芮琦嚴正拒絕。「我工作之外的時間還滿寶貴的，你應該也是吧？公事盡量在上班時間處理好，下班我就無法配合囉！抱歉。」

雖然覺得自己很沒人情味，但芮琦想好好捍衛僅存的自由時光，不希望下班還得掏心掏肺地跟客戶往來。然而，因爲是廣告業的緣故，芮琦難免也必須陪主管黃姐去應酬，讓她真心感到厭惡。

私生活的乾涸，讓她的日子也越來越不順遂。

羅杰已經三番兩次推託自己的邀約，芮琦心想大概被打槍了，只是對方不想明說，便安慰自己：「反正我又沒做錯事，不需要難過，大可不必失望。」

這天也是平凡的一天，芮琦結束令人疲倦的工作，迫不及待地騎車回家，迎向晚間七點過後的自由時光。

今天她也一樣騎經充滿時尚小店與青春男女的鬧區，各色夢幻燈光下的商品陳列在店頭與櫥窗中，美不勝收。在等紅燈的六十秒無聊空檔中，芮琦眼神放空，望著街邊走跳的男男女女發呆。

女孩子多半手上大包小包，揣著男伴看衣看鞋。

「好久沒逛街了，買了漂亮的衣服也沒機會穿，對包包和鞋子也早就不感興趣，反正常穿常用的就是櫃子那幾款，也懶得再花時間找了。」芮琦提不起興趣，只記得回家之後要查詢附近有無社區大學課程，或者才藝教室，讓自己的生活過得充實點。

「脖子好痠啊……」芮琦按摩著脖子，眼神剛好飄到斜前方街道上，有一男一女正在櫥窗前看著精品。

「墨菲？」芮琦又定睛瞧了幾次，確定男方正是自己有意思的對象。她觀察了一下這對男女的互動，墨菲任女方勾著自己的手，彼此像老夫老妻般自然。

「還騙我說沒有女友……」芮琦的情緒一下子從失望轉爲惱怒，一方面是氣墨菲不夠誠實，另一方面是認爲自己寄情於墨菲，非常的愚蠢。

後方傳來一陣喇叭聲，原來綠燈亮了。芮琦收回了視線，連忙加速通過馬路。

不管到了幾歲，期待戀愛卻以失望收場的情緒，總是特別痛。芮琦回家吃晚飯也吃得心不在焉，一面刷手機觀察墨菲過去幾天的動態，一面想從蛛絲馬跡中推敲出他與那個女孩的關係。

「唉！看來……我還是不死心。」芮琦也只能正視自己的心情，打從心底認同自己是個笨蛋的事實。

雖然眼前目睹的狀況讓自己非常不開心，但不從墨菲口中親自確認就胡思亂想，似乎也太孩子氣了。

芮琦告訴自己要以平常心看待，卻依然顯得心浮氣躁。

衝動之下，她上網一口氣報名了社教中心的日文課程、西點烹飪課程，連週末的「中華家常菜」工作坊都勾選了。

「好，把自己行程排得滿滿的，應該就沒時間在這裡胡思亂想了吧？」芮琦賭氣似的想著。

她沖了個澡冷靜之後，本來想找個時間再問墨菲今天的女孩身份，但……

「不行，我乾脆照實說我有看到他們吧！就算墨菲覺得我莫名其妙，也無妨！至少我今天就能知道答案，不必每天苦等、煩惱著啥時能問他……如果今天問出是他的女友，我就死心吧！今晚我會睡得飽飽的，明天就能忘記這件事！」

芮琦想了又想，自己的青春已經不比以前，無法再玩數花瓣猜心的小女生把戲，還不如直接問個清楚！

「哈囉！」她若無其事地敲了墨菲的臉書，努力營造出自然詢問的語氣。

「我今天等紅燈時，好巧不巧，剛好看到你和一個女生在逛街耶！那個紅燈有六十秒，我只好隨意看看路人，沒想到剛好看到你，哈哈！」

「是喔……」墨菲也立刻回訊，顯然相信芮琦真的是偶然撞見自己，既然沒什麼好遮掩的，墨菲也就大方認了。

「對啊！我今天和朋友逛街。」

「是喔？不是女朋友嗎？」

「妳很在意喔？」不料，墨菲反將一軍。

「不是啊！」芮琦緊張地吞了口桌邊的檸檬水，才慢條斯理地想著該如何回應。

「隨口問問而已，看來你朋友很多，人緣不錯嘛！」

「還好囉！哈哈！」墨菲沒有再回訊，不知道是不開心了，還是單純去忙。話題到達瓶頸，但這種不上不下的感受，讓芮琦不怎麼舒服。

「原本以爲問出不是女友，我會很開心；如果是女友，我就坦然釋懷……但現在這種狀況是怎樣？」

想了又想，芮琦雖以成熟心態自居，卻也仍舊爲了墨菲的事失眠了幾小時，凌晨三四點才入睡。

或許，她終於回到了老課題。

她不知道該拿這個男人怎麼辦。

「該努力進攻忍受起起伏伏的心情，還是順其自然呢？弄懂自己要什麼，才是最難的。不搞清楚這點，戀愛怎麼可能會順利呢？」芮琦嘆了口氣，心中默默做了個決定。

※※

凱希與Z約出來見面了，回想起過去這兩三年間，她每次見到Z，都是在公私不分的品牌派對、聯名活動和記者會，伴著會場的音樂聲搞曖昧，但私下卻從未單獨特地出來見面。唯有幾次她與Z曾互相「突擊」到對方的店鋪，送點吃的或喝的，相處倒也甜蜜，還能暢談上半小時，直到對方店長打暗號送客爲止。

凱希雖然閱男無數，但面對真心喜歡的對象，仍無法輕易地說出「想單獨約會」這種話。

「畢竟……也不知道他和他女朋友是否真的分手了。」凱希決定今天一定要打探出情報。不過，就算知道對方仍在交往中，凱希的決心也不會改變。

成爲第三者並不可怕，成爲一個失敗的第三者才會落人口實，時尚品牌圈其實不大，凱希與Z已年紀不小了，一舉一動都有旁人會注意。他們各自的相簿社群IG也有不少追蹤者，這些網友們私底下有多愛看八卦，凱希並不是不知道。

「就算失敗了，我也要營造出雙方本來就一直是朋友的感覺，這樣或許就不會落人話柄了。再說，第三者那麼多，何必把焦點放在我這種小咖身上？」

凱希為自己打氣。

她越接近Z所工作的店鋪越顯得焦躁不安。

「嗨！」看到凱希接近店門口，眼尖的Z微笑地搶先幫她開門，燦爛地打了個招呼。

「嗨！」故作鎮定，凱希心底湧起興奮的漣漪，緩步進門。「哇！你們店改裝了耶！」

「對啊！三月就改裝了，妳太久沒來囉！」Z說話時總有一種店員的推銷語氣，讓凱希有些不習慣。但想想，這或許是他的職業病吧？

「要先看看嗎？」Z指著新商品的貨架。「有幾款很適合妳的新品喔！」

「哦？很適合我嗎？」凱希一方面疑惑著自己在Z眼中究竟是什麼樣子，一方面也對Z這種三句不離本行的寒暄方式感到不滿。

隨便看了幾下，凱希試著跟Z打情罵俏。

「我穿這件會很暴露耶！」

「不會呀！這件很適合妳呀！而且賣得很好喔！」Z都是這樣哄女客人的。但看著他戴著棒球帽、一身靚裝的帥氣身影，凱希也實在無法忽視他。

最後，凱希抓起一件Z瘋狂推薦的單品。「就先買這件吧！下次跟你出來時可以穿。」她對他眨眨眼。

「好啊！」Z接腔了，凱希刷了卡，心中有種小小的勝利感。

「謝謝光臨。」Z故意打趣道。

「好了啦！你應該也快下班了吧？等一下不是要一起去吃飯嗎？」凱希深怕Z反悔，堅持揪著他問。其他的女店員用微笑的眼神望著凱希，她不曉得那是什麼意思。

或許，她們根本也沒有什麼意思。凱希安撫著自己。

「好啊！不過吃完飯之後我要去帶貨去給朋友拍攝MV，我們有友情贊助他們商品。」Z身邊有很多潮人與小咖獨立音樂歌手、樂團，因此這種在地化的行銷兼友情互動也很常見。

「好啊！吃完飯一起去！」凱希再度順著Z的話，敲定下個行程。雖然她知道原本Z可能陪她吃個飯就要快閃，但越是這樣，凱希就越不想輕易放走他。

Z看起來也沒有不願意的感覺，凱希感到一切都有如順水推舟，能推多遠就推多遠吧！比起過去兩三年的暗戀經驗來說，今晚有機會兩人單獨相處，已經是很不錯的進展了。

兩人來到了Z很愛的美式餐廳，品嘗著薯條與披薩。凱希試著放輕鬆，但也不忘散發一些女人味。

然而，她也很努力打探Z最近的感情狀態。

「最近看你好像有時候會發些悶悶不樂的動態，一切還好吧？」

Z瞇著眼露出笑容。

「就跟女朋友吵架囉！但我最近沒有發動態了啦！妳看到的是一兩個星期前的。」

凱希順著對方的話問：「哦！跟女友吵架啊？」

「彼此都二十七八歲了，雙方都還在當店員，沒什麼發展性，所以不太敢結婚。其實小桃的爸爸想幫我們出房子的頭期款啦！但我想接下來的貸款……我們兩個也還不出來。」

「那你想和小桃結婚嗎？」凱希問：「若經濟狀況許可的話。」

「嗯……現實面來說，還是會希望再等一陣子，現在薪水成長空間很有限，台北的房價又高得可怕，可能會考慮先租套房吧！」Z顯然不太想繼續聊這個話題，臉色凝重了起來。

「是說，爲什麼人一定要結婚呢？」凱希用輕鬆的語氣說：「我覺得彼此戀愛就很快樂了，如果結婚會帶來壓力，還不如不結呢！」

Z聳聳肩說：「至少小桃不是這樣想的，女孩子嘛！都會想披婚紗啊！」

「真是麻煩。」凱希事不關己地切著肉排。「婚紗照和婚禮都很麻煩，又很浪費錢。」她刻意說著與小桃反方向的論調，希望能獲得Z的認同。

「就是說嘛！短時間內真的很不想去考慮這些耶！一想到要花錢，就醒了。」

「小桃應該還是很知足的啦！」凱希刻意酸道：「你動不動就買東西送她，對她很好，帥氣又有責任感，她如果還堅持著想結婚，反而太不替你著想囉！想想看，你很有才華啊！短短幾年就替R牌帶來這麼多有創意的行銷活動，連私人時間都會去送貨、幫忙拍MV，真的很有義氣耶！」

「哈哈！我哪有這麼好……」Z不好意思地笑著，耳根也變紅了。

凱希瞧著Z的眼睛甜言蜜語，發自心底的稱讚，果然奏效了。兩人之間的氛圍變得有些曖昧。

「別光說我了，妳也是堅強又很有EQ啊！處理模特兒那些煩雜的事情，還一做就做那麼久，抗壓性很高！之前又幫我這麼多忙，也總是很明白我說的點。」

沒料到Z會忽然用這種形容詞稱讚自己，凱希暈陶陶的。雖然Z可能只是在說客套話，但凱希仍滿心感動。

「沒有啦……」她謙虛之餘，不忘乘勝追擊。「我在這個圈子比較要好的人……也只有你而已呀！」

Z害臊地搖搖頭，顯然還不太懂得怎麼回應凱希的攻勢。

這頓飯局就在這種相互褒獎及激勵的取暖氣氛中結束，歡樂愉快。用過餐之後，凱希跟著Z去到朋友的攝影棚，將R牌的服飾拿給幾位玩搖滾音樂的朋友。凱希與Z合作無間，幫幾位樂手做造型搭配，凱希還展現手藝替他們弄了好看的髮型，讓在場一開始不認識她的男性朋友們，也紛紛投以很高的評價。

「哇！Z很少帶女生來，一帶就帶這麼厲害的喔！」

「凱希是老朋友了啦！在模特兒事務所工作，這種程度對她而言只是小菜一碟啦！」Z也不忘順便在大家面前誇讚美豔又幹練的凱希，顯然自己也挺有面子的。

看著樂手們穿搭妥當，入鏡拍MV，凱希與Z則在鏡頭後方交換滿足的微笑。

「好，大家休息一下！接下來是大家要一起跳躍開派對的場景，所有人都不要躲在鏡頭後面了，沒什麼臨時演員，大家都是自己人，就全上吧！」導演放下攝影機，轉頭望著Z與凱希說。

「對啊！妳也入鏡吧！多一點女生的臉孔，會讓MV比較加分喔！」團長也親自跑來拜託，凱希先是扭捏了一陣子，望著Z等待他的意見。

「好吧！我們都去吧！妳如果不想太高調，就站在旁邊跟著音樂輕輕擺動。」Z拉住凱希的手，兩人歡鬧地加入鏡頭前的派對場景。

音樂一下，剛開始凱希還有些放不開，只是輕搖肩膀，但當歌曲播到性感的嘻哈樂時，她也不禁屈膝擺臀了起來，旁邊的朋友全都鼓譟起鬨。

凱希順勢拉著Z，挑逗地與他對視，雖然只是幾個牽手和轉圈的動作，但凱希卻跟隨著滾燙的節奏，搖曳著髮間的香氣。

Z害羞地笑了幾下，凱希則背對他施展舞姿，更不忘輕輕用手背擦過他的大腿，最後導演甚至將鏡頭聚焦在凱希充滿渲染力的舞姿上。

雖然只有短短的五分鐘，導演喊卡之後，凱希立刻撩起髮絲喊熱，也連忙故作矜持地拉開與Z之間的距離。但她很明顯地發現，男人真的是視覺與觸覺的動物，才跳了那麼一小下，不只是Z，全場的男生都開始注意她的一舉一動了。

凱希裝累，跑回鏡頭後方的休息區喝水，刷手機故作忙碌。Z看到她落單，也快步回到她身旁坐下，彷彿兩人之間已經連起一道無形的線。

「抱歉，被你女友看到應該會不開心吧！」她故意對Z微笑，一副無辜的模樣。

「不會！」她不會這麼小氣啦！

「希望不要害你被罵，哈哈哈！」凱希調皮地吐出舌頭。

「被罵也值得啦！爲了朋友的MV嘛！」Z淘氣地微笑。凱希當然知道他才不是在說朋友的MV，心底竊喜著。

「不過，如果你女友爲了幾個牽手的動作生氣，那也太沒風度了。」凱希不忘先幫Z打強心針，補上甜美的微笑。

「是啊！她不會這麼囉唆的啦！」Z也給了一個保證的微笑，彷彿相信凱希真心在意他女友的看法似的。

「其實……我才不在乎咧！」凱希聳肩，如此想道。她望著Z的眼睛微笑，優雅地喝了口水。

11. 橫刀奪愛才是愛

相親銀行的案子進行到收尾階段了，芮琦也忙得焦頭爛額，一段時間沒去想墨菲的事了，只知道自己心底某處還是在意著他。但上次在臉書問候兼刺探之後，墨菲也沒有再主動找芮琦吃飯，或許他條件不錯追求者眾多，所以不需要太主動。

芮琦認為，勢必還是要由自己這邊來破冰。

「我要撐下去，下週就可以寫結案報告書了！到時候，就有心思對墨菲展開攻勢了！」芮琦正面思考，同時，她也期待著今晚社區大學的烹飪課。

烹飪課芮琦已經上到第三堂了，有了目標與理由之後，她總是留下一句「今晚我要趕著上課，先走了！」就早早離開辦公室，同事與長官都知道她的確有自己的計畫，也不好說什麼。

而平常在家裡煮飯，媽媽總在一旁監督，動不動就用尖酸刻薄的語氣指導芮琦。所以對芮琦而言，做菜從小到大都是一件充滿挫敗的事情。

「我像妳這年紀，不但每天要煮一家十口的飯，還要帶好幾個便當咧！菜色都不會重複，動作也很快！」媽媽總是這麼說。

一個廚房的確容不下兩個女人，也因此，芮琦特別珍惜烹飪教室做菜的日子，不只可以認識各形各色的姐妹及婆婆媽媽，老師的態度也很親切，總是語帶鼓勵。辛苦一個多小時，就能享用到自己親手做的飯菜，還能帶回家跟父母分享，令人很有成就感。芮琦更愛上了站在廚房中流汗的感覺，這讓她能發洩工作上的怨氣，所以每週她都很期待外出上課的日子。

「我真的不能只有工作和家人，也不能因爲得不到愛情就苦悶，爲自己踏出另一步，感覺好充實！」

原本在臉書上總是言之無物、不知道該分享啥的芮琦，多了烹飪作品可展示，不少親朋好友都知道她在學做菜，也會按讚、留言，這讓芮琦享受到他人的讚美。

這天學的是南法奶油燻雞派與鮭魚沙拉卷，芮琦上傳讓人食指大動的成品照到臉書時，已經是晚上十點了，臉書好友們紛紛按讚，但也抱怨芮琦害他們想吃宵夜。

「看了我也好想吃喔！」出乎意料地，墨菲也跟著留言道。

「哈哈！出來啊！我包給你拿回去吃！」芮琦順勢傳了私訊給墨菲。

「太晚了，妳應該不太方便吧？」

「不會啊！我包一包拿給你就好了，裝食物的容器下次你再還我吧！除非你懶得出來！」芮琦展現熱情之餘，不忘故意刺激一下墨菲，軟硬兼施地逼他答應。

「那就恭敬不如從命了……約在妳家附近的超商可以嗎？」墨菲貼了個微笑的表情符號。

「可以啊！」其實這時芮琦已經洗完澡，換上睡衣睡褲了。但芮琦心想，相約的超商離她家不到三分鐘，若以誇張的豔麗打扮現身反而很奇怪，便只化上細細的眼線，穿上七分褲與外套，包好菜餚就出門了。

墨菲騎著機車，等在超商門口。

「抱歉，我素顏，因爲已經洗好澡了。」芮琦故作大方地說。

「素顏沒關係啊！還是很好看啊！」墨菲微笑道：「謝謝妳特地出來啦！」

「拜託，這離我家很近，沒什麼關係啦！下次想吃的話也可以約這裡，讓你吃吃看其他不同的菜餚。」芮琦故意替兩人鋪梗，順便用香噴噴的美食吸引墨菲。

「謝謝妳喔！下次我再把這個食物盒還妳。」

「好啊！週末要一起出來看電影嗎？」芮琦主動問道：「到時候再順便還我就好。」

於是，兩人敲定了電影之約。

芮琦忽然覺得，與其在臉書螢幕前猜心玩文字遊戲，當面邀請對方似乎成功率更高。臨走前，墨菲也拿出自己買的手搖飲料給芮琦。

「這是我要送妳的，無咖啡因，喝了不怕失眠。」他貼心地笑道。

「謝謝！好開心喔！」芮琦驚喜地接下。雖然是杯小小的飲料，但今晚因爲自己的主動，而多了這種愉快的小意外，她已十分滿足了。

※※

三天後，筱安主動找了芮琦聚會，說是有事要找她商量。芮琦覺得很開心，畢竟自己被學妹所需要，是很有成就感的事情。

然而，芮琦實在不覺得筱安有什麼煩惱好商量的。

「她有個這麼穩定的工作，也和那位花蓮遇見的台南男孩發展得不錯，難道還有什麼困擾嗎？嗯……不管怎麼樣，能聚會聊聊就是好事。」芮琦與筱安相約在中壢的鬧區。

讓芮琦驚訝的是，這是筱安第一次沒以可愛的洋裝扮相出現在她眼前。

筱安今天只綁了個簡單的馬尾，穿上帥氣的黑色連身褲，常戴的髮飾、耳環和項鍊一樣都沒掛在身上，看起來頗俐落的。

「哇！妳換風格啦？很好看呢！」芮琦真心稱讚道，筱安一聽，露出讓人熟悉的甜美笑容。

「謝謝……因爲先前穿著洋裝去台南找亞恩，被他好意關心了一下。我想自己年紀也到了，原本衣櫃那些衣服穿起來也沒什麼心動的感覺了，所以現在改以舒服好穿的簡單裝扮爲主。妳看，後來我們約會時，我都穿素上衣配牛仔褲呢！」還沒在餐廳位置上坐熱，筱安就用手機秀出情侶自拍照，芮琦沒料到他們進展這麼神速，有些驚訝。

「哇！你們已經約會這麼多次啦？」

「才三次而已啦！因爲彼此都只有週末有空……而且也還沒確定要和彼

此交往，只是用出來玩的心態互相約一約而已。」筱安害羞地笑道：「不過……上週二他搭高鐵來等我下班，給我驚喜，害我有點感動。」

「希望你們能趕快修成正果。」芮琦由衷地祝福。「妳從以前就一直不缺男友啊！真佩服妳每次一分手沒多久，就有男生主動追求！」

「沒有啦……」筱安搖搖頭。「這次……我也猶豫很久，因為這是我第一次主動追男生耶！」

「真的嗎？」芮琦目瞪口呆。看來筱安真的沒說謊，從以前在大學時她就不乏追求者，一分手就有人遞補上。不過，筱安並不算交過很多男友，若將先前的未婚夫算在內，總共三四任。

這大概跟現在一般女孩子的平均值差不多，芮琦自嘆不如地想，偏偏自己的桃花運就是這麼差。

「我想，你們應該會順其自然地告白，然後交往吧？」芮琦鼓勵筱安道。

「不要想太多啦！」

「唉……」啜飲著剛上桌的可口飲料，筱安卻顯得食不知味。「我很認真地觀察和試探了亞恩一下，他現在似乎不是很想定下來，畢竟年底就要去帛琉教書了，現在只是邊打零工邊存錢。而且等他一年後教書回來，還有兵役問題，亞恩才剛結束上段感情，所以……他說還不是很想馬上交女友。」

芮琦對男人也沒什麼經驗，又不會猜心術，只能靜靜地聆聽著筱安的煩惱。

筱安說完之後，突然詢問芮琦最近的狀況。

「先前凱希學姐不是給妳介紹了一個同事，後來還有聯絡嗎？」

「臉書互相按按讚而已，沒什麼聯絡耶！」芮琦苦笑。「不過，我也轉移重心了，主要就是工作和學料理。」

「哦！不是還有一個男生跟妳滿要好的？那個鼓手啊！」筱安指的是墨菲，光是想到他的名字，芮琦就露出甜蜜而羞澀的表情。

「嗯……最近是有一些進展，不過他同時在跟其他約會對象來往。」

「唉！這個很正常啊！有魅力的男人，身旁有追求對象，甚至有女友都不奇怪！沒必要因爲這種事卻步啊！」筱安說到這件事，像是變了一個人似的，雙眸散發出鼓勵的光芒。

「芮琦，我跟妳說，若是喜歡這個人，妳一定要去爭取！就像工作一樣，妳不也是老是爭取著表現機會嗎？而且對方又沒結婚，沒結婚之前，不都算單身嘛？大家的機會都公平均等，有什麼不能追的？」

「妳說沒錯……我現在有在慢慢想辦法跟其他女生競爭。但真的好難喔！」芮琦苦笑。「我很怕太積極，會讓對方很煩，妳可以給我一點建議嗎？要怎麼樣的頻率才是最適中的？」

「他主動一次，妳就主動一次，萬一他還是沒回應，妳最多只能主動兩次，沒有回應就不再做任何動作。我想對方也不是沒經驗的少年，有意思的話就互相做個球，應該不難。」

出乎意料地，筱安給了非常具體的意見，芮琦聽了頻頻點頭。

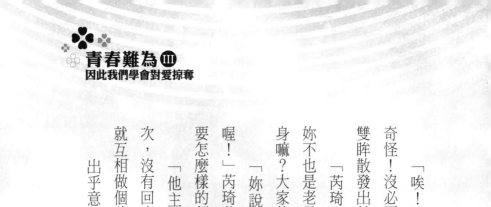

「妳知道凱希吧？她最近又主動跑去找一個暗戀兩三年都沒結果的男生……」筱安聳了聳肩。「其實我先前已經勸她放棄了，但凱希說，過去幾年間她從沒盡力追求過他，這次是她給自己的最後一次機會，再不行就放棄。」

「嗯！好帥氣啊！」雖然凱希大學時就很會操縱男人的心，但芮琦也不得不承認，凱希一把年紀了仍如此勇往直前，看來對那個男生一定很死心塌地。

「記得我們國小時流行過一句話嗎？當時覺得一點也不以爲然，現在卻認同到不行啊！」芮琦對筱安微笑。

「哪句話呢？」

「橫刀奪愛，才是愛。」

「真的，畢竟我們這時候不奪不搶，難道要等到人老珠黃才來後悔嗎？」筱安心有所感地點點頭。「再說，你們搶的對象都是其他競爭對手，我要競爭的對象，卻是時間和距離啊！」

芮琦這才恍然大悟，原來筱安面臨的男方生涯規劃非常複雜，不僅有遠距離戀的問題，還有時間和兵役問題，她的競爭對象似乎更爲無常呢？

戀愛問題是沒有正解的。芮琦知道，她與筱安都只是不想留下遺憾而已。

在青春的尾聲，何不盡力一次，主動爭取自己理想的對象呢？

不管競爭對手是時間、距離，還是其他充滿魅力的女孩……

「我們拼了吧！」芮琦認真地對筱安說，兩人一邊乾杯一邊期許自己。

而同時，在遙遠的大台北地區，凱希與助理羅杰頂著初秋的風，提著一大包外賣餐點，準備回到攝影棚內加班。

晚上預計拍攝冬季鞋款，這次是某女鞋廠牌要求補拍新品。總監對於上次拍攝的效果不太滿意，因此現場的工作氣氛較爲嚴肅，模特兒們已經餓了兩小時都還沒放飯，頂著濃妝的女模與穿著厚重大衣的男模躺在地板上的落葉堆中，望著鏡頭放空，顯然已瀕臨體力耗盡邊緣。

「總監，飯買回來了。」凱希小聲提醒攝影總監，但真正的放飯時間，還是由總監說了算。

「你們其他沒事的工作人員，先吃吧！」

聽到上司都這麼說了，羅杰、凱希與幾個助理就拿著自己的便當離開攝影棚，回到辦公桌邊低聲交談邊享用。

「妳最近是不是和R牌旗艦店的店員Z走得很近啊？」羅杰問凱希。

「對啊！怎麼了？你聽到什麼了嗎？還是看到什麼了？」畢竟Z的正宮女友小桃也是台北在地知名女裝品牌的店員，凱希身處的時尚營銷圈真的很小，她怕是羅杰聽到什麼八卦，才這麼問。

「沒有啦！只是那天在一個搖滾MV裡面看到妳和Z。沒想到妳這麼會跳舞啊？」看羅杰一派輕鬆的模樣，凱希就放心了。

「哦！沒有啦！小跳一下而已，只有幾個鏡頭啦！畢竟MV的主角是樂團啊！」凱希喜孜孜地回答。一想到那晚的快樂回憶，她的嘴角也牽動出幸福的弧度。

「怎麼樣？你會覺得我跟Z看起來太超過嗎？」她問羅杰。

「嗯！感覺很像情侶，不過，拍MV這樣比較正常啊！如果妳還扭扭捏捏的，效果就不好了。」

聽完羅杰毫無心機地回答，凱希滿意地點點頭。

「不過，我那天看到一個狀態……好像是Z的女友發的。」羅杰低聲說。

「怎麼樣？說我什麼了？」凱希雖然知道自己理虧，也做好了背負罵名的心理準備，但一聽到這種話中有話的八卦，還是如坐針氈。

「也許不是在說妳啦！但還是給妳看一下囉！」羅杰輕輕將手機遞了過去。他的好友名單中的確是有Z的女友小桃，那是去年因為工作合作關係而加入的。

凱希定睛看著手機，小桃前幾天的狀態這樣寫道：「呵！我知道我男朋友對我很好，又高又帥，這四五年來又對我貼心得不得了，連前年我到日本遊學，他也沒因為一群賤人的頻頻示好而離開我。這樣的好男人，難免會有人羡慕、嫉妒，甚至想搶。可惜，妳再怎麼想跟我比，也不可能成為我。勸妳還是死心吧！」

放下手機，凱希對羅杰不以爲然地一笑。

「Z很多人追啦！不管是不是在說我，如果被幾個自我感覺良好的人講幾句，我就怕了，那我也沒資格追求自己想要的真愛了！」

羅杰見凱希氣燄高張，尷尬地點點頭，靜靜吃飯。

雖然做出一副鎮定的模樣，但凱希仍感覺心底深處隱隱作痛著。

這又是爲什麼呢？是愧疚，還是心虛？又或者是害怕自己即使把名聲弄臭了，也無法將Z追到手？

戀愛好難，真的好難。

「但是啊！放棄更難。」凱希對自己說。

12. 瓶頸與碰壁

芮琦做夢也想不到凱希竟然會利用午休時間主動敲她臉書訊息，找她聊天解悶。

「那種女人，就只會在網路上打打口水戰囉！但她如果親自來找妳質問，更可怕咧！」面對凱希提出的困擾，芮琦主動打氣道。

「謝謝……今天又有同事警告我要注意一點，我也懶得再一一回覆及辯解，但是小桃也挺有影響力的，臉書打個字，大家就知道在說我……被批鬥的感覺還是挺不好的。」凱希回覆道。

「等妳成功追到Z，這一切就會像笑話一樣，雲淡風輕了！我懂妳孤注一擲的心情，我自己現在也是在人生的交叉點，如果錯過這次，等下次想主動勇敢談戀愛，還要再過好久吧！」芮琦回著。

跟凱希講完話，芮琦自己好像也多了一點勇氣。她被眾人審視著，都能勇往直前了，何況是自己呢？

先前與墨菲約了週末看電影，轉眼間就是明天的事了，芮琦突然想到自己較爲好看或款式較新的衣服，不是在墨菲面前亮相過，就是跟筱安聚會時打卡上傳到臉書了。倘若這次約會又穿那幾件衣服，自己的自信似乎也會受到影響。

女人嘛！買新衣還需要什麼理由呢？芮琦期待著下班時間去久違地市區。她選購了兩三件正在打折的新款洋裝、秋冬款酒紅色印花洋裝與保暖修身的風衣外套。

這是自己戀愛以來，首次購買「戰袍」，芮琦隔天就穿著新衣服與墨菲約會。而墨菲也比上次注重打扮，穿著新鞋前來赴約。

「他也還滿重視我的。」芮琦微笑著想道。

面對想吃什麼、想看什麼，芮琦當然不會隨便回答，而是認真說出自己深思熟慮、做過功課後的答案，墨菲也樂得輕鬆，全盤接受芮琦的約會提議。

一路上，墨菲甚至主動幫芮琦拿包包，包包裡裝著芮琦的傘、水、防曬乳、化妝用品、厚重的錢包、手機和平板，重量有些可觀，讓芮琦對墨菲既感動又抱歉。

「哈！你已經拿了兩小時了，會不會很重？換我拿啦！」

「這麼急著把包包拿回去，有什麼不可告人的東西嘛？」墨菲跟芮琦開起玩笑，平常再怎麼「矜持」的芮琦也知道男孩子主動開玩笑，是增加親密度的方式，必須要坦然面對。

「你覺得裡面會有什麼東西？」

「嗯……」墨菲想了一下。「該不會有我們樂團的ＣＤ吧？哈哈哈！」

「你好自戀喔！」芮琦也笑了起來。「對了，你最近還有在跟樂團的人聯絡嗎？有在作新歌嗎？我看你們的臉書專頁都沒貼什麼東西。」

「嗯……沒有，大家都各忙各的，沒什麼好說的。」似乎提到墨菲不太願意提的話題，芮琦感到有些挫敗，以往墨菲最愛別人提起他們的樂團了，怎麼會臉色一沉？

難道，是樂團正式解散了？

芮琦知道墨菲一向很看重音樂事業，過去三五年間都全職仰賴音樂創作維生。今年開始，他成爲普通的上班族，或許人生重心也有所轉換了吧？芮琦知道現在不是深談這種事的時候，便轉移話題。

「剛剛吃的那間餐廳，焗烤部份有點太鹹，你覺得呢？」

「妳做的比他們好吃多了。」墨菲莞爾道。

「那……你下次要不要來我家吃飯？」芮琦邀約道。

「但妳爸媽不是在家嗎？」墨菲有些意外。「還是說……妳希望我跟他們同桌吃飯呢？」

「看你囉！」芮琦一方面也想試探墨菲對自己認真的程度。

「還是不了，我不太會跟長輩互動，就連我自己的長輩，過年過節期間我也常常不知道要跟他們說什麼。」墨菲解釋完，就將這個話題帶過去。

芮琦心想，也對，都還沒交往，哪個男人會急著想見自己的父母，壓力未免也太大了。他們又靜默了一陣子，穿梭在鬧區等電影開場，最後走到一間隱藏在巷弄中的獨立書店，隨意翻書閱覽。

墨菲看沒幾分鐘，就走到店外，接了個電話，又貌似回了幾封簡訊。芮琦看在眼底，想到墨菲可能在跟其他女性友人聊天，她便有些煩躁。

「走吧！電影要開演了，我們往回走。」芮琦說。

兩人走回影城，臉不紅氣不喘地點了情侶套餐。

今天看的是好萊塢動作片，芮琦從以前就是動作片的粉絲，看得很滿意。一個半小時的電影播畢後，她臉上出現了紅暈。墨菲看起來心情也不錯，情緒比方才問起樂團事情時好太多了。

散場時，一時人潮洶湧。芮琦見狀，試著主動牽起墨菲的手，故作若無其事。

「上次我見到的那個女生，都挽著墨菲的手了，我牽手應該不算什麼吧！」抱持著給自己壯膽的思緒，芮琦大方地牽著墨菲的手走了一陣子，墨菲也自在地回牽，直到步出人來人往的影城，兩人才放開手。

「妳都這麼主動啊？」墨菲打趣地問。

「對自己有興趣的男生，當然要主動啊！」芮琦雖然嘴巴坦率，但眼神卻在裝忙，不敢直視墨菲的眼睛。

「哈！不要太抬舉我了。」墨菲微笑。

「有一次，我不是在路上看到你嗎？那時候……那個女生主動勾著你的手，我想對方膽子應該比我大吧？所以，我剛剛那樣對你來說算是小CASE，對不對？」芮琦轉頭開玩笑道，因爲不知道該接什麼話，只好將心中的不安轉爲話題。

墨菲聽了，有些驚訝。「我有跟她勾手嗎？我都忘了。」

「勾手比牽手不自然很多吧？你竟然忘了？」芮琦有些生氣地反問。

「抱歉，可能只是勾一下，我真的沒什麼印象。」墨菲看到芮琦嚴肅起來，臉色也往下一沉。

「不過，妳第一次約會就找我去喝酒……妳也沒有比較保守啊！」

芮琦回想起來，還真有此事。

兩人相視，哈哈大笑。

原本很怕因爲自己的執著與好勝心，而演變成互相質問的尷尬氣氛，但墨菲也挺用心的，用幽默的方式看待芮琦的付出。

「等等，你剛剛說……我們第一次約會是吃完烏龍麵續攤去酒吧那次嗎？」芮琦擺高姿態，挑了挑眉。「你覺得，那算是約會喔？」

「所以不算嗎？」墨菲伶牙俐齒地問：「只是老朋友寒暄的飯局？」

「哼！算吧！你那麼想計算跟我約會的次數，就把那一次也算進去囉！」

芮琦裝酷完，立刻看著墨菲的眼睛，甜甜地回眸一笑。

墨菲追了上來，主動問道：「所以，等等不牽手了嗎？」

「等你變成我的男朋友之後，再牽吧！」芮琦輕鬆自在地答完，蹦蹦跳跳地往前走。她感受到墨菲濃烈的視線，經過一番曖昧與打趣，看似告白的玩笑話，讓他開始認真了。

墨菲看她的眼神也真的不一樣了。

※※

返家後，週末已過了大半。去年的此時，芮琦還是個生活乾涸的上班族，週末只想睡覺，連化妝出門陪家人去個大賣場都提不起勁。但今年多了烹飪等其他社區大學的課程，工作上屢屢拿到大案子，也開始積極地追求自己感興趣的男人……約會回到家，面對難得的清閒時光，芮琦竟仍渾身是勁。

她想起好久沒跟住在新北市的好朋友麗麗聯絡，便打了個電話。

「哎呀！好巧喔！我老公出差，我一個人帶孩子帶到怨氣連連，三不五時還要忍受婆婆過來監督，對我帶孩子的方式說嘴……真想找人聊聊！」

「我去妳家吧？」芮琦也想念麗麗了。「有什麼需要幫忙的家事，我也可以做。」

「世界上怎麼會有妳這麼好的死黨！」

通完電話後，芮琦帶著過夜用的行李，搭了四十分鐘的客運來到麗麗家。一推開大門，她就被滿坑滿谷的外食垃圾及待洗衣物給嚇到，散落在地上的玩具、嬰兒用品，以及還沒整理好的雜物，讓新房子的雅緻氣氛全被破壞了。

「抱歉，房子很亂，我已經三四天沒睡好了，婆婆一走就都沒有整理。」

麗麗從房間走出來。看得出來她勉強化好妝，遮蓋了倦容。

「這些是妳從娘家搬來的東西嗎？」

「是啊！一堆我高中就用到現在的東西、以前愛看的書和舊衣服等等……」麗麗抱著三四個月大的哭鬧小嬰兒，邊哄邊解說。小嬰兒的哭聲太宏亮了，一時間還真難聽懂麗麗說了什麼。

上次來這裡時，只見到嶄新明亮又整齊的新房，怎麼這次竟是如此光景？麗麗不是懶惰的女人，能夠把好好的環境弄成這樣，只能證明她真的太忙碌了。

「前幾天我和女兒都病倒了，還發高燒，燒了又退，抱去診所看了好幾次，每次都等了快一小時，時間都浪費在那上面了。回家就忙著餵飽她、把屎把尿、陪她玩，好不容易把她哄睡，我自己都忘記要按時吃藥了。」

「你先生真是的，挑這種時候出差。」芮琦安撫道，隨手將待洗的衣物分類好，丟到洗衣機，一會兒又走進廚房收拾碗盤。

麗麗因為太過疲倦，得了帶狀皰疹，背上也長了小瘡，模樣看起來很可憐。

「醫生說，這個病千萬不能累，一累就會痛好幾週……」麗麗說。

「一定能控制下來的，別怕。」芮琦安撫道，拿出自己從家裡帶來的洛神花茶給麗麗喝，轉頭又去收拾地上的玩具，嬰兒用品也一一收去泡熱水消毒。

「妳這幾天都吃外面的東西，太鹹或太油對易累體質的人來說，會變得更沒精神喔！」芮琦轉身走到廚房，開始熬起四五人份的皮蛋瘦肉粥。先把未來四五餐的粥做起來，冰在冰箱裡，麗麗想吃時，隨時都可以端出來溫熱。

看著芮琦忙進忙出，麗麗愧疚地抱著孩子坐在沙發上。

「芮琦……妳變堅強了，而且，更有耐心了。」麗麗虛弱地微笑道：「應該說，妳整個人都不再煩躁了。」

「咦？我先前有很煩躁嗎？」

「嗯……之前妳比較容易對家裡、對工作、對感情狀態不滿，但剛剛看到妳精力充沛，對照妳的臉書，最近又是約會、又是上課，工作也結案了……真羨慕妳超人般的精力。」

「應該是……最近比較沒有關在家裡，聽爸媽整天唸我的關係。」芮琦認真回想道：「我都在忙自己的事，雖然仍要做家事、煮飯，但對於他們的容忍度變高了。應該說，比起家人的碎碎唸，我更在乎其他的事情。」

「真的，妳感覺整個人都在發光，快樂多了。」

「哪有呀……可能也是因為我最近做了一些新的嘗試，對自己比較有信心了吧！」芮琦聽了心底暖暖的，繼續切菜、切肉，愉快地在廚房中忙著。

「妳從以前就很有本事啊！結婚生子之後，我整個人封閉在家裡，顧好自己和孩子的健康都來不及了，睡前有空才翻翻臉書，每次看到妳充實又快樂的臉書狀態，真的很羨慕妳喔！」

芮琦聽完麗麗的這一番話，完全不敢相信。以前週末總是在家睡覺、開臉書羨慕他人的自己，竟然成爲麗麗羨慕的對象。

「麗麗，我懂。一直待在同個環境，努力付出卻只換來孩子的哭鬧、丈夫的理所當然和婆婆的挑三揀四，一定會不快樂的。但等到孩子稍微懂事後，妳也可以再出去學點東西，認識新的朋友。」芮琦端著粥來到桌邊，麗麗給她一個深深的擁抱。

姐妹倆靜默了幾秒，芮琦撫摸著小女嬰的臉龐。

「吃吧！孩子我來抱。」芮琦伸手接過小嬰孩，捏著她身上柔軟的兔子連身衣。「天啊！妳給她用的東西、穿的衣服都好可愛，我也想養一個小孩了！」

「拜託！千萬別爲了想養而養，哈哈哈！先嫁對人再說！」麗麗和芮琦笑成一團。

13. 突破點

麗麗吃完飯，孩子也哄睡了，芮琦將她放進客廳的嬰兒床中，開啓輕音樂陪伴她。

「那……妳最近的戀情進展如何？有望脫離單身嗎？」麗麗關切道。

「現在反而不會再執著單身不單身了，反正我就盡力去爭取，如果失敗，也只能接受囉！」芮琦聳聳肩。

「的確，只要不留下任何遺憾就好了。」

「不過……」芮琦回想起剛剛約會的幾段尷尬時光，便描述了情形給麗麗聽。「妳想，他爲什麼一被我問到樂團的事情，臉就臭起來了？」

「該不會跟樂團的人有什麼摩擦吧？」麗麗瞪大眼睛。「妳是怎麼問的呢？」

「『你最近還有跟樂團的人聯絡、作新的音樂嗎？』怎麼了？這麼問有什麼不好嗎？」

「會不會，跟他期待的問法不同？」麗麗精明地追根究柢。「也許，他期待的是妳問都不用問，就知道他最近在做什麼。」

「我哪有這麼厲害，又不是偵探，也不會通靈啊！」

「但是他們音樂人不是都有放作品集用的個人網站嗎？妳真的不曉得嗎？」

麗麗的問話，讓芮琦終於明白了自己錯在哪。

「真的……我沒有去瞭解過，最近墨菲都在忙什麼！只知道他最近有去拜訪幾個朋友，平常刷他臉書時，都在注意他有沒有跟女生出去……」

芮琦拿起平板電腦搜尋墨菲的個人頁面，麗麗也好奇地湊過來看，兩人往下翻著墨菲的紀錄……

「啊！這裡有個兩週前的打卡紀錄，在某某錄音室跟製作人合照……」

芮琦恍然大悟。

「原來，墨菲還是有在創作啊！」

「難怪他會有點不開心了。畢竟墨菲已經和新圈子的朋友在合作了，妳的問法卻讓他覺得不著邊際、沒做功課、沒在關心……若是普通朋友這麼問，或許他還不痛不癢，但墨菲對妳的期待是更高的。」經過麗麗透澈的分析道，芮琦感到又驚又喜。

「我自己也真笨……當初明明是透過音樂認識他的，現在卻整天只關心他跟誰勾手、跟誰出去……」

芮琦懊悔地拍了拍大腿，這種性情中人的舉動，逗得麗麗哈哈大笑。

「現在開始關心還不遲啊！男孩子啊！最希望事業和夢想能被女生稱讚了，如果妳抓住這個關鍵去努力的話，一定能從其他競爭對手中脫穎而出！」

麗麗在一旁鼓勵她，讓芮琦變得更加堅定且雀躍。

每次來麗麗這裡，芮琦都在心靈與情緒方面得到許多的收穫，透過老朋友的眼光，她可以更清楚地看見自己要什麼、缺什麼，和未來該做些什麼。

這種安心的感覺，真的好棒。

※※

凱希躺在大床上，裹著舒適深藍色睡袍的她，卻難以入眠。

她又跟Z見了一次面，大概是上天也在幫忙，最近主管交代下來一項品牌聯名活動，凱希與Z都是活動的工作人員，有機會透過公事見面。

不過，在滿心期待的第一次會議上，Z只淡淡地跟她寒暄了幾句，就跟著自家品牌的其他員工坐到會議室的另一方。

「他是在避嫌吧？畢竟正宮女友什麼都不會，就是懂得在臉書上製造輿論壓力，被這樣一說，大家不關注也難，搞不好那些同事，也全都在幫著他女友盯著我。」

凱希無奈地望著會議資料發呆。

要是自尊心再弱一點，她搞不好會被旁人嚴厲的眼光瞪得抬不起頭來。

羅杰坐在她旁邊，另一旁則是主管艾許，金髮短髮配上帥氣簡約妝容的艾許是這間事務所的總負責人，作風海派美式，非常精明。

凱希坐在侃侃而談、主持會議的艾許隔壁，聽著這位女主管鏗鏘有力的說話聲，勉強逼自己專心。

然而，在會議圓桌上偶然交會的其他品牌工作人員的視線，都像在譴責她……

「接下來，我們請羅杰來解說一下活動當天的工作人員位置圖。」艾許說完，按出簡報檔案。

「咦……」凱希正盯著自己預備要報告的工作人員位置圖，但沒想到艾許把她要報告的部份，臨時派給了羅杰。

「呃！好，首先請大家看到前門的位置。這部份……這邊本來應該要有四個人，但當天只會排三個人，主要是引導消費者去排隊，另一邊才要四個人……」羅杰一開始講得有些支支吾吾，凱希想插嘴，卻又無力支援。

「原本排四個人，但因爲怕前面人潮洶湧，但目前推估的人數應該還好……所以……」

終於，凱希張嘴想補充，但勉強說了句「呃……因爲這樣是考慮到動線……」就說不下去了，被打斷的羅杰有點尷尬，大家往凱希這裡猛然一飄的視線，也讓凱希更不自在。

還好，羅杰總算報告完了，其他工作人員也陸續開始簡報起自己負責的部份。

就連輪到Z認真地解說時，凱希的眼神都不敢太明目張膽地往他的方向看去，只能裝忙，望著簡報畫面。

畢竟，一回頭就會感覺有好幾雙眼睛在瞪著她。

「我自己被別人用什麼眼神看待，那是一回事……但如果影響到與我工作的人，那就不好了。」凱希努力告訴自己，要鎮靜下來，別讓負面情緒如癌細胞般越擴越廣。

會議總算結束了，工作人員們都是彼此熟識的帥哥美女、型男正妹，大家喝著艾許請的飲料，歡樂地打鬧在一起，聊著工作與私生活。但凱希感受到其他人似乎不像以前那樣主動過來和她寒暄，整個群體彷彿以一種奇怪的氛圍結合在一起，任自己被排斥於圈子之外。

凱希只好黏著同事羅杰，此時，艾許用手指無聲地暗示凱希到她的辦公室。

「凱希，剛剛那是什麼情形？」艾許話語中沒有責備，卻也聽不出來有開心的意思。

「嗯……您應該也知道……」

「不。」艾許搖搖頭，困惑地說：「我不知道，所以才想問妳。」

凱希一五一十地將自己的事情說出來。

「哈哈哈！就爲了這種事！」聽見艾許竟然笑得如此誇張，凱希甚至以爲自己被鄙視了，渾身不舒服。

「拜託，妳知道這個圈子每天有多少女人在搶對方的男友，又有多少男人在搶對方的女友嗎？大家又還沒結婚，想怎樣就怎樣啊！誰會把妳和Z用放大鏡檢視呢？銅板沒有兩個不會響，對方不想被搶，妳搶得走嗎？何必管別人想什麼呢？妳有礙到誰嗎？」

「但他剛剛也不太理我，而且我總覺得大家都在瞪我。」凱希仍一臉緊繃。

「不管在哪，都有人喜歡排擠別人。如果找到理由，大家會更愛玩小圈子，好讓那些內心空虛的人有點事做。我倒覺得妳等下就出去找Z講講話，自己的心情也會好一點；要是他有所顧忌，扭扭捏捏，大概就是把妳當作小三而已，證實了他也跟其他人沒兩樣，對於如何珍惜妳、愛護妳，是一點興趣也沒有的。」艾許臉上露出了和緩的神色。

「去吧！反正現在也不是上班時間，而且他們在我們的公司耶！別人還敢拿妳怎麼樣嗎？」

「謝謝艾許……」聽了主管亦師亦友的一番話，凱希才鬆了口氣，露出久違的笑容。

「但……我還有一個問題不懂，剛剛您為什麼把我的報告部份，分給羅杰呢？」

「因為我不知道妳為什麼一臉狀況外又胃痛的模樣，當然要優先考慮到妳啊！再說，給羅杰練練膽量也很好，否則他老是只會悶著頭文靜地做攝影師的工作，不懂得和人群溝通，這樣是很不好的。」

「原來是這樣……真的很謝謝艾許。」看到艾許豁達而溫暖的神情，凱希感動得紅了眼眶。

「好了啦！是在演哪齣，趕快去跟妳喜歡的人講講話啊！」艾許揮了揮手，暗示凱希快快離開她的辦公室。

凱希勉強打起精神，帶著微笑，快步走向Z及他的兩位朋友。

那一男一女望向凱希的同時，她努力做出自然的笑容回應。

「艾許叫我來招待你們，飲料都還夠嗎？」

「夠了，這樣很好。」Z的朋友回答。

「那邊還有水果，可以去吃。」凱希招呼完Z的朋友們，轉頭對Z微笑。

「嗨！」

「嗨！」Z也露出微笑，看來一切還好。

「抱歉我剛剛沒跟你打招呼，在想工作的事情，心不在焉。」凱希硬是掰了個理由，卻接觸到Z溫柔濕潤的視線。

「凱希……妳還好嗎？」

「很好啊！」

「不……」高大的Z微微俯身，望進凱希的雙眸認真地問。「我是說，不曉得妳有沒有聽到……」

「這是這麼長時間以來你第一次問我還好嗎……就只有你對我這麼好。」凱希滿心感動，甜膩膩地說。

「當然啊！」Z雖然沒把話說白，但默契已經在兩人的視線中流通。凱希很想不顧旁人的目光，直接抱著他撒嬌啜泣。

「我想，你應該也被你女友罵得很慘吧……」

「她在跟我冷戰……不過，這樣對妳很不公平。」Z嘆了口氣，愧疚地別開視線。

「所以，你也真的知道了嗎？」凱希微笑。

「知道什麼？」

「知道我喜歡你，我想跟你在一起。」凱希露出率直的笑容。此刻，她只想把自己的心意傳遞到Z澄澈的眼中。

不管他們相識時是什麼樣的狀態，至少他們有權力決定未來要如何走下去……

是分開呢？還是在一起？

「我知道的。」Z害羞地笑了，凱希看得出來，他由衷地感到開心。

「但是……」Z皺著眉，用尋求原諒的眼神瞧向凱希。「我現在沒有資格回應妳什麼……能給我一點時間嗎？對不起。」

「沒關係，我們別說這件事了吧！」凱希輕碰了他的手臂一下，指著落地窗外雄偉的台北樓景。「這次聯名派對的場地，在那邊的新大樓，週五就要去場堪了，還滿緊張的。」

「放心吧！你們規劃得很好，活動一定會順利的。」

他們自然地聊了許多其他廠牌的人事消息，凱希心底卻如秋日晴空一角的陰霾一樣，沉甸甸的。

即使這段戀情失敗了，彼此還能繼續做朋友吧？就像現在，大方地話著家常，在充滿笑意的眼神中交換著淺淺的鼓勵。

凱希收起哀傷的眼神，不讓Z與任何人察覺。

此時，彷彿有人知曉她的心事似的，有封臉書的訊息傳來。是學妹筱安。

「凱希，最近有事情想跟妳報告，若妳不方便也沒關係……我最近面臨人生的轉捩點，抱歉文筆不好，但我想跟妳說聲加油！」

筱安發此訊息時，人在家裡。雖是大白天，身體也神清氣爽，她還是請了假，在租屋處喝茶上網。

筱安穿著寬鬆的條紋居家服，坐在打掃整潔的客廳中，赤腳踩在柔柔的草綠色地毯上，玩著平板電腦。

最近，筱安也注意到凱希很少更新臉書訊息，以前她常會更新許多吃喝玩樂的照片，最近卻只有分享一些不著邊際的英文嘻哈情歌。加上又聽到芮琦轉述凱希的狀況，知道她最近也爲情所苦，筱安當然打從心底支持凱希。

對筱安來說，凱希是個女強人，雖然月薪、福利與穩定度都比不上自己。但筱安認爲真正重要的是，凱希的工作比自己有趣得多，外型又比自己漂亮，一直都有自己的風格，以前在校園中就是風雲人物，是筱安羨慕的對象。

「大概是因爲凱希與芮琦都努力過著自己理想中的生活，才激勵我這種平凡的普通人，也要努力追求自己所要的。」

前幾天，筱安接受了暗戀對象亞恩的告白，這才知道原來上天是在獎勵她勇於做出改變，與先前不再適合的婚約對象分手。

「謝謝祢……這次我一定會好好把握。」

然而，筱安心中仍有許多疑問，更期待著凱希能夠回傳一兩句話，哪怕只是空泛的「我們一起加油」也好，都能讓她下定決心，做出最後的決定……

不過，整個下午過去了，筱安終究沒等到凱希的回音。

她並不氣她，只是忽然意識到，自己這種需要他人認同的行爲，好傻。

「學姐也有自己的煩惱，聽到我這種想抱怨的問候『前奏』，大概心情也更沉重了。」

「自己的事情，自己決定。我已經邁出一步了，一定要貫徹始終才行。」

筱安關上臉書，打了通電話。

這次，她打回老家，等待著媽媽接通。

筱安的表情平靜，臉上掛著幸福的微笑，彷彿即將展開旅程的候鳥。

14. 陰錯陽差

芮琦與墨菲的互動持續且順暢，雖然仍可在他的臉書上察覺其他女人的影子，不過對方比她更早認識墨菲。

「對方有點可憐，明明比我先認識墨菲……但喜歡的男人還是快被我搶走了。」芮琦偶爾會在內心深處如此想著。但努力了這麼久，先前經過幾次失敗的暗戀，這次終於能看到曙光了，不保持正面思考是不行的。

經過上次麗麗指點迷津之後，芮琦把兩人談話的焦點轉回墨菲的音樂上頭，對他最近的創作表示關心。甚至也搜尋到了墨菲半年前新開的作品網站，聽了他與新樂團的幾首作品。

「曲風跟上個樂團差很多呢！你真是厲害，能駕馭這麼多元的曲風！」

做了功課後，言談也越來越言之有物。芮琦本來就有在聽國內外的獨立音樂，舉的例子也總讓墨菲很感興趣，兩人常常動不動就像大學生一樣，聊到一兩點才要上床休息。

這個週末，芮琦也主動邀請墨菲去聽樂團表演，她找的這個新場地墨菲也很有興趣，若是之後接洽順暢，墨菲的樂團也可能申請來這個戶外場地表演。露天舞台架設在文創市集的草地上，但規模很大，與其他紅磚道上的靜態創作有共同展演的預算，還能獲得政府補助。

一襲秋日復古印花連身裙，活力充沛的芮琦走在墨菲前方，蹦蹦跳跳地帶著路。她的頭髮側分編成髮辮，看起來清新迷人。墨菲則穿著民俗風牛仔七分褲，配上白襯衫。

「哇！這裡真熱鬧！妳懂得真多耶！我都不知道這裡週末還有活動。」

「先前逛朋友的手作市集發現的，本來以為表演比較隨興，沒想到上台獲得的演出費和表演時間都很可觀，音響設備也很好，所以一定要把這種資訊告訴你！」

「嗯！這種文創市集能用到這種音響等級，真的很不錯。」墨菲雙眸發亮，站在台前聽得入神，兩人隨著音樂輕輕搖擺。秋日微風吹過草地，下午風勢稍強，墨菲脫下自己的外套給芮琦披著。

樂團休息時間，芮琦也陪著墨菲去與其他獨立樂團的熟人打招呼，她應對得體，誇獎中帶著敬意，也讓對方特別開心，便跟墨菲分享了許多音樂表演申請的詳細流程。

墨菲與友人寒暄時，芮琦在一旁喝著飲料。

此時，一個熟悉的高大身影緩緩接近……

「張小姐！」

「小茂！」

是那個好久不見的相親銀行怪咖業務。小茂身邊跟著幾個男性同事，都配戴著工作證。

芮琦沒想到會在這裡遇到工作上合作過的對象，一問之下，才知道他們竟然也來這種文創市集擺攤。

「因爲這種場合比較多單身的女性朋友，所以我們特地來這裡宣傳。」

「這樣啊……」芮琦聽了，覺得有點反感。畢竟週末大家出來聽歌、逛市集，若忽然被相親服務的人搭訕、塞傳單，大概會覺得很掃興。芮琦想了一下，實在不知道該回應什麼，只想草草結束話題。

沒想到小茂看到她非常開心，一下要芮琦到他們的攤位給予指教，一下又要請她喝飲料。

「不好意思，我想你們的攤位一定很專業了，不需要我多說什麼，而且我已經喝了兩杯飲料，有點脹了啦！」芮琦試著客套地拒絕小茂，但他就是不肯輕易離開。一旁的墨菲和樂手朋友聊得開心，卻把芮琦晾在一旁，讓她沒有理由開脫。

「其實我一直很感謝張小姐妳幫我們這麼多，之前本來想請妳吃飯，做一個正式的感謝，不過妳好像一直都很忙。今天看妳穿得這麼漂亮，要不要就順便一起去吃飯？我有工作上的事情想再請教妳。」

「啊？」芮琦聽了更不開心了。她本來想回「我穿這麼漂亮也不是為你穿的，順便去吃飯又是怎麼回事？」，但終究忍了下來。

想到自己既然與工作上的人巧遇，一言一行都代表著公司，芮琦擠出笑容。

「不好意思，今天是我的假日，而且我平常也沒有私下應酬的習慣，如果是公事，我主管其實比我更有經驗，之後你再來公司討論也不遲。」

「哎唷！妳不要這麼見外嘛！難得在假日遇到，也是一種緣份啊！」小茂竟仍死纏爛打，芮琦用求救的眼神望向身後跟朋友談天的墨菲。墨菲也終於看到她與小茂了，但只是面無表情地望著他們，似乎不明白她的用意。

「不好意思，我今天是跟我男朋友來的，接下來還有事情，謝謝。」芮琦主動走回墨菲身邊牽起他的手之後，對小茂揮手，做出道別的暗示。

小茂只好知趣地走了。

「剛剛那是誰？妳加入相親銀行了嗎？」墨菲看見芮琦跟穿著相親銀行制服的男人聊了這麼久，一頭霧水。

「不是！我還去相親做什麼？有你就夠了啊！」芮琦情急之下，脫口而出。墨菲似乎被她的氣勢搞迷糊了，頓了一兩秒。

「所以……剛才那是誰啊？」

「工作上一個白目的人而已。唉！你真的很粗心，我剛剛一直用眼神向你求救，你竟然只顧著跟朋友聊天！」芮琦因爲太氣憤了，尚未收起責怪的語氣，就衝著墨菲抱怨。

墨菲尷尬地望著身旁的朋友，他們則知趣地摸摸鼻子離開。芮琦這才發現，在男人的友人面前，爲了這種小事用指責的語氣說話，真的不妥。

沉默了幾秒之後，墨菲伸手接過芮琦手中的空飲料杯，走向路旁的垃圾桶。他沉著臉的模樣，似乎想讓自己冷靜一下。

芮琦知道自己剛剛表現得太衝了，但一時間也不知道要說什麼來挽救場面，只能乾著急。

墨菲走向她時，苦笑地嘆了口氣。「所以，妳剛剛的意思，是覺得女生就一定要被男生拯救嗎？妳不是都碩士畢業了，竟然會有這種傳統男尊女卑的想法，如果骨子裡這麼傳統的話，我倒覺得相親也未必不適合妳。」

「什麼？」沒想到話題竟然扯到了學歷與相親，芮琦完全不懂墨菲跳躍式的思考是從哪裡來的。她只是希望被喜歡的男人呵護、保護，不料竟受到指責。

她和墨菲的價值觀有差這麼多嗎？

而且，方才明明說出「有你在何必相親」這種類似告白的話，墨菲不但不領情，卻要她去相親。芮琦氣得想一走了之，眼眶瞬間泛紅。

「不能走！要留下來，好好溝通……我不能期待每個對象都要百分百懂我、遷就我。要溝通、要溝通……」芮琦差點喃喃自語，但她怎樣也無法立刻讓自己的表情變得明朗，也不知道如何回應墨菲方才的話。

「對不起，我剛剛講話太快了。」墨菲率先道歉。

「我也一樣，抱歉！我只是很討厭剛剛那個跟我講話的人，希望你幫我解圍，沒想到我這麼不獨立，是我不對。」芮琦也想好好解釋，但不曉得爲什麼，自己的語氣聽起來卻帶著一絲酸意。

墨菲用訝異的眼神望著她。「妳是在……生氣嗎？」

「沒有，怎麼可能生氣。」芮琦摸了摸肚子。「我胃有點痛，想先去旁邊休息一下。」

「那我送妳回家吧！」芮琦只是想給雙方一個「叫暫停」的機會，卻被墨菲誤認爲想走。她實在有些失去耐性，回過神時，竟然已坐上墨菲的機車，生著悶氣回家了。

「真是難以溝通的人……還跟我扯到什麼學歷。」芮琦試著把錯都歸咎到對方身上，好讓自己好過一些。

但她的情緒，仍舊像被沸水燙過一樣灼熱疼痛，難以平復。

※※

終於來到活動日當天，凱希特地把自己的工作崗位與Z分得遠遠的，以免私情打擾到公事。她負責補充自助餐桌上的精緻食物，並跟餐飲提供業者聯絡，若是羅杰臨時跑去支援前場，凱希還要負責場內洗手間的打掃工作。畢竟會場中只有四間洗手間，要撐一個晚上，恐怕需要機動的打掃效率，才能維持一整晚。

Z當天則是負責招待與帶位，安排消費者排隊及貴賓進場時安排他們在模特兒走秀的台前位置入座，工作項目也十分繁雜。

「這樣也好，忙起來就見不到彼此，不用想東想西。」凱希鼓勵自己。

場佈的最後階段，會場魚貫進入許多其他廠牌的工作人員，有兩個是和Z同一家店的女店員小珍和喬，既然打了照面，凱希也不迴避對方的眼神，直接打了個招呼。

沒想到小珍和喬地看了她一眼，無視地走過去。

「哼！我也沒差，不打招呼就算了。」凱希哼了一聲，去忙自己的工作。一旦賓客進場完，一般參展的消費者就會開始取用餐桌上的食物，光是清理空盤與翻倒的飲料，就讓凱希忙得不可開交。

「好噁心。」清理被推倒在地的食物時，還有客人在一旁輕蔑地指指點點，聽在凱希的耳裡，只覺得對方把她當傭人看。

「以為我聽不懂中文嗎……傻眼。」

「凱希！」羅杰慌慌張張地跑來。「妳有看到Z嗎？」

「沒有啊！從我這個角度看不到，他沒有在門口接應嗎？」

羅杰搖搖頭，壓著無線耳機跑遠了。聽到羅杰這麼一問，凱希也感到心浮氣躁。她特地走向大門與供貴賓進場的星光大道，無視於看到名模、藝人而驚喜歡呼的女客人們，凱希的視線只是慌亂地尋找著Z的身影。

「他真的沒有出現……是怎麼了嗎？」凱希心目中的Z是很有責任感的人，先前負責多次企劃時也將活動帶得有聲有色，今天卻在這麼重要的場合遲到。看到其他與Z同組的工作人員奔走的模樣，凱希也感到很徬徨。

「算了，我也有我的工作，不要把重心都放在那個人身上。說好了彼此今天都要專心工作的。」

回到女廁支援衛生時，穿得花枝招展的女孩拍拍屁股走人，留下被她弄得一團亂的廁間。凱希連瞪對方的衝動都忍住了，快手快腳地潑水打掃。

「好了嗎？地板沒有拖乾，害我差點跌倒。」一會兒又傳出另外幾個女客人的抱怨。

不過，工作上的辛苦，比不上待會兒聽到的消息震驚。

凱希把工作手套塞回儲藏室，在鏡子前清洗自己的雙手、順便補妝時，廁間傳來兩三個談話的女聲，似乎是Z的同事小珍和喬，還有另一個聲音，凱希認不出來。

「我剛剛叫妳看的時候，妳應該有看到吧？」

「妳說那個搶小桃男人的狐狸精？她長得也不怎麼樣嘛！還不是在這裡掃廁所！」

「聽說她把模特兒事務所的男人都睡過一輪了，平常可不是在這裡掃廁所的！」

「沒差啦！反正小桃已經和她男友出發去美國打工渡假啦！」

前面的幾句閒話，凱希都可以裝作沒聽見，但當最後這句打工渡假的情報一傳入她耳內，凱希竟有種五雷轟頂，手足無措之感。

「原來是跟女友出國了，難怪今天一直看不到人……一聲招呼都沒打，我到底算什麼？」

愣在化妝室鏡前，凱希面無血色、六神無主。滿腦子都覺得自己像個白痴，在這裡被人羞辱。

廁間的門開了，方才說話的三個女孩擁上化妝鏡前，凱希卻連閃躲都來不及，只能任她們耀武揚威地看著悲慘的自己。

等到對方離開後，凱希才失魂落魄地撿起自己掉進水槽中的粉餅。

「哈哈！妳剛剛有看到她的表情嗎？」

「爽啦！哈哈哈！」女孩們訕笑的言語飄進凱希耳中，但她沒心情仔細聽，只是一再想著Z的臉孔。

原來自己所謂的努力追愛，不過就是一場笑話。

她哭著打電話給筱安，看來學妹說對了，結束的戀情早該放手，如今換來遍體鱗傷，值得嗎？

「凱希！我跟妳說喔……」電話那頭的筱安開心至極，但一聽到凱希的哭聲，她連忙安慰道：「怎麼了？妳怎麼了？」

「Z跟女友走了、出國了，一句話都沒有留給我……就這樣走了！」凱希感覺心快跟著腫脹哽咽的喉頭絞成一團，抱著胃蹲在洗臉台旁，勉強把事情經過說完。

「等等……怎麼會這麼忽然？」筱安安慰著哭泣中的凱希，似乎從沒想過一向勇往直前的凱希，竟然如此脆弱。

兩人通話了五分鐘，凱希知道自己還有工作在身，勉強主動道歉，並說自己會振作起來。

「嗯！加油喔！晚點結束再打電話給我，好嗎？」筱安柔聲地說：「至少，妳從今以後，不必再為同樣的事情哭泣了。未來只有新對象和新戀情了！」

很受用的建議，讓凱希有力氣再度傲然站穩，在鏡前補好妝。

「筱安，謝謝妳……」掛上電話後，凱希對著鏡子露出一個笑容，一個美麗而堅定的笑容。

「那些人越是想看我笑話，我越是要笑給她們看。哼！」凱希深呼吸後，快步跑出廁間。

領班氣急敗壞。「妳剛剛跑到哪裡去了？餐飲區那裡亂成一團！」

「抱歉！我馬上去整理！」

凱希撥整瀏海，是該振作起來了。

她大步往前，提醒自己就算戰敗，也要維持住自尊。

她是美麗而高傲的生物，才不會因為這種人生小波瀾，就讓自己成為一個笑柄。

「往後，我會加倍幸福，幸福才是我最棒的武器！」

15. 美麗的句點

同一日，晚間十一點。

頂著一張剛卸妝的素顏，換上寬鬆而有些幼稚的舒服睡衣，芮琦正要上床，手機卻響了起來。

「奇怪，竟然是墨菲！怎麼在這種時間打手機？以往不都是先發臉書訊息的嗎？」

芮琦感到傻眼，自從墨菲與生氣的自己分別之後，已經過了一週。芮琦照樣忙工作、忙上課，偶爾想起墨菲時，雖然感到無奈，但也不知道該做些什麼。她終究拉下臉，傳了訊息道歉，雖然只是短短一句「那天我脾氣很差，抱歉喔！」，但墨菲卻只回了個笑臉的表情符號，就沒有後續動作了。

「也許我們之間，有著比想像中還嚴重的差異。」芮琦知道自己與墨菲還有很多價值觀與小習慣需要磨合，也明白「熱戀」不等於戀愛的萬靈藥，芮琦望著電視中播放的非洲草原紀錄片發呆。

螢幕上，獵豹正埋伏在草叢間，觀望著羚羊。

芮琦喃喃自語：「年紀到了，對很多事情就能看開了，我既然已經做了我該做的，其他的也無法強求了。雖說戀愛就像生存戰，掠食者不殺生，就會餓死。在渴求戀愛的世界中，也是一樣。我很渴望愛情，所以去狩獵，但狩獵失敗，也是大自然中的一環。」

正準備睡覺時，墨菲卻打來，芮琦不想在睡前接他的電話，導致自己失眠，於是只好先關機。

「我這樣姿態會不會太高？但我怕萬一接了電話，會讓自己又開始想東想西，整夜沒睡……」

但芮琦高估了自己對於這場戀愛的豁達能力，即使她沒接電話，也是躺到一兩點，都未曾闔眼。

「其實我還是很在意他……唉。」

閒到無事可做又睡不著，芮琦還是打開了手機。

墨菲竟傳了訊息來。

「芮琦，我現在在妳樓下的超商，有事情想跟妳說。我會等到兩點，如果妳今晚真的不想來，拜託也傳簡訊跟我說一下……」

「天啊！這什麼大學生的行爲呀！都出社會了，還叫女孩子半夜出來！」芮琦看看自己，素顏又穿著幼稚的寬大睡袍，這是去見心上人的裝扮嗎？

「若彼此是最後一次見面，我在他心中的印象會不會就是現在這種邋遢樣？」芮琦望著桌上的化妝品想了一下，只換了短褲與外套，紮起馬尾。

最後，她還是素顏出門。畢竟，這時間還化妝出門，更顯示出自己沒骨氣、委曲求全。

「我有出現就已經很好了，他沒資格要求我看起來漂不漂亮！」芮琦賭氣地想。「啊！糟糕，他簡訊說只等到兩點，現在都一點五十八分了！」

花了太多時間猶豫，不料竟把自己搞得這麼狼狽，芮琦穿著夾腳拖，用彆扭的腳步努力衝刺，一路慌慌張張地跑進超商。

「歡……歡迎光臨。」補貨的店員被她的氣勢嚇了好大一跳。

氣喘吁吁的芮琦，先望向超商內的等候區座位。

那裡空無一人。

看來墨菲已經回去了，望了望手機時間，剛好凌晨兩點。

「是我自己太遲鈍了……」懷著失望的情緒，芮琦緩步走出超商。

對街有個正在發動機車的人影。就在芮琦注意到對方的同時，他也放下了安全帽。

「墨……墨菲！」芮琦朝對方跑了過去。

「小心車！車！」墨菲眼中湧出激動的情緒，漲紅著臉大喊。

寧靜的街道上，沒有半台車，芮琦因為墨菲慌亂害羞的神情而憋著笑。

「我還以為……妳不會來了。」墨菲先是鬆了口氣，隨即湧現出複雜的表情。像是要宣告什麼似的，他深呼了一口氣，望向街邊。

「那個……上次吵架之後，我一直很過意不去，但用網路講，又很怕妳誤會。」

在這個靜謐的午夜，芮琦聽見自己心跳聲，明顯萬分。

墨菲繼續說道：「總之……是我太遲鈍，沒注意到妳需要我的幫忙。而且扯到妳碩士學歷的那段話，是我自己太激動了。」

「不……不會啦！我講話態度也有問題。我從以前脾氣就很不好。」芮琦忙著解釋，墨菲卻想插話。

「你先說……」兩人同時脫口而出。

「好……那還是先讓我說完。」墨菲搔了搔頭，芮琦則忍住笑意。她注意到墨菲今天穿著隨性美式簡約的灰T恤配修身黑褲，但頭髮很明顯整理過，露出光潔的瀏海。

他是有備而來的。

「扯到妳碩士學歷……其實是因爲，我很在意自己學歷和條件都不如妳。怎麼說呢？其實，我跟爸媽提過很多次妳的事情。他們對妳很好奇，總是一直問……但看過妳的照片後，又聽說妳是碩士，工作也很好，而我在我爸媽眼中是個不可靠的音樂人，念得又是二流大學……爸媽就一直說妳不可能會看上我，要我死心。」

「原……原來發生過這些事。」芮琦緊繃地點著頭。

「因此，我潛意識裡或許也被他們影響了。」墨菲搖頭苦笑道。「老是覺得自己條件配不上妳。在妳再度跟我提到音樂之前，我甚至誤會妳看不起我玩音樂。」

「怎麼可能！」芮琦不耐煩地抱怨。「你真是想太多了！」

「對……對，我就是想太多，其實，剛剛說的那些，妳真的在意過嗎？」

墨菲竟紅了眼眶。「妳不會覺得我不行嗎？」

「要……要看你是以什麼前提思考啊！」芮琦故意偏著頭，故作疑惑。

「以……以男友的身分去考量的話，妳覺得，我可以嗎？」

「什麼話！」芮琦不敢相信自己的耳朵，激動地抓住墨菲的手。「你覺得我可以，我就覺得你可以啊！別忘了，是我先追你的耶！」

「原來……那算追嗎？」

「可惡啊！你是說你感覺不出來嗎？」芮琦覺得十分傻眼，但心底卻暖得甜蜜。原來墨菲是用這樣崇高的角度在看待自己。

「聽好了，我們兩個談戀愛，沒有學歷的問題，如果你有才華又願意疼愛我，那就當我男友啊！這有什麼問題？」

「是……是沒有什麼問題。」墨菲被芮琦率性又熱情的態度所震懾，害羞地笑了。

「那就好了啊！」芮琦維持著一貫的大嗓門，用力抱住墨菲。

像是不敢相信眼前的幸福似的，墨菲愣了一兩秒，才用珍惜的神情閉上眼，笑著緊緊地抱住芮琦。

爲什麼以往的感情會成爲一件難事，是否沒有遇到對的人，才顯得特別困難？芮琦那晚一直想著。

她懷著興奮的心情回家，躺回床上。一想到她已從長年單身，成爲有帥氣男友的女人……芮琦樂得合不攏嘴。

興奮得睡不著，她用手機上了臉書，滑到一篇高人氣的動態。

「我要離開台灣了！但我很沒用，不像有些勇敢的朋友能大膽的辭職，卻毫無罣礙。因爲不想讓父母擔心，我選擇的是調職，未來一年將在台灣駐帛琉觀光部，繼續替國家服務。兩個月前的我原本不知道帛琉位在世界的哪一角落，今晚的我卻已上網找到了未來一年要落腳的單身小公寓。雖是單身，但我在帛琉有能照應我的人，也就是這幾天公開交往的男友亞恩。等我們度過了這甜蜜的一年，或許還會有很多挑戰在等著我們，但不管上天安排了什麼，我都會當個勇敢而快樂的女人！追求我以往所嚮往，卻也心生畏懼的那些美好。暫別了台灣，下次再見時，我會帶著滿滿的收穫回來！」

狀態是筱安發的，芮琦看著、看著，心中感慨萬千。她很高興那個原本只活在自己的舒適圈中，連打扮風格都不敢改變的保守筱安，如今竟成爲將在異國展開新生活的勇敢女孩。

芮琦想起了敢愛敢恨的凱希，她還好嗎？

回到臉書首頁，芮琦點進凱希五小時前發的動態。

她被標記在一張工作人員的慶功宴合照中，神情複雜而深刻。

芮琦特別找了一下凱希心儀的男孩Z。但她望著滿滿三四十人的大合照，實在認不出Z的臉孔。

暫時無從得知這個故事的結局，芮琦默默在心中祈禱。

「希望今晚的凱希，就跟我與筱安一樣幸運。」

如果有誰值得擁有愛神的青睞，那絕對是苦戀多年的凱希了……

※※

凱希原以爲自己會成爲行屍走肉，但她很訝異自己體內竟湧出滿滿的堅強。她強顏歡笑，鎮定地與每個熟識的工作人員打招呼，繼續換班清理餐飲區、補貨，維持地板整潔。

汗水滲透了凱希的髮絲，就連派對結束後的撤場時間，她也試著讓自己忙個不停，以便忘卻失戀的痛苦。但那種痛楚卻像巨大的鉗子般，緊緊壓在凱希頭頂。

忙到一個段落，凱希回後台吃著冷掉的披薩。她拿出手機，刷向Z女友小桃的臉書動態。

「還是想親眼確定一下……」當凱希看到小桃最新的動態是在桃園國際機場與行李的微笑自拍，照片上還標記了Z時，她的眼淚仍掉了下來。

那張打卡照片雖然什麼都沒說，小桃眼底的笑容看起來卻很自在舒服，貼著假睫毛的眼睛也炯炯有神。

「我是個白痴……」凱希收起手機，腦中浮現Z與小桃一邊躺在機艙座位上飛往美國，一邊嘲笑自己的模樣。

凱希收拾好情緒，回到餐飲區，還沒走幾步，就看見桌子垮了一腳。

「糟糕！」她連忙掀起桌布鑽入桌下，這才發現金屬桌腳的螺絲鬆了。

「可惡！好重……」凱希連忙一手撐住沉甸甸的桌身，以免上頭的飲料桶和食物盤全都像瀑布般傾倒下來……

「小心！」一個溫熱的氣息從身後傳來。有雙手替凱希扶住了桌子。

「謝謝。」凱希低頭勉強將螺絲拴回桌腳，終於有空檔抬頭時，眼前的臉孔竟是Z。

「你……你不是去美國了？」

「我爲什麼要去美國？」Z一臉不解。看他身上穿著和她一樣的黑色工作服，凱希湧上千頭萬緒。

眼淚滑了下來，但凱希不容許自己在心上人面前哭花臉，立刻霸氣地抹去淚水。

「我聽到人家說，小桃和你都去美國了。」

「誰亂講啊？」Z擦去汗水，索性就地坐下。兩人就這樣雙雙坐在桌下，任由白晃晃的桌巾隨著會場的冷氣飄揚。

「所以你沒有要去美國？」凱希語無倫次，仍舊鬼打牆地問著。「那你剛剛怎麼不在？大家都說找不到你！」

「哦！我只是送小桃去機場……順便跟她說清楚。因為臨時跟主管請假，所以大家不知道我的行蹤，但我兩小時前就趕回來工作了。」Z柔柔地苦笑道：「至於我要跟小桃說的……妳知道的，就是妳和我的事情。」

「我們……嗎？」

「我和小桃，是真的走不下去了。她自己也知道，卻老把問題往別人身上推。當然，我也不對，傳出那些謠言，也對她傷害很大。只要我欠她的，我都會做，但是唯有繼續跟她交往這點，我真的沒辦法做到。」Z的眼中並沒有喜悅，畢竟是交往多年的戀人，他傳遞出的神情盡是挫敗。

「所以，與其讓她爲了我的事難過，不如好好把話說開，我才會陪她去機場，送她最後一程。」Z微笑。「因爲我們之後，不可能再有瓜葛了。」

「那……」凱希幾乎忘了呼吸，只是望著Z的每個表情，心臟隨之絞痛著。「那我呢？」

「妳一直是我很珍惜的人。」Z輕輕地抱住凱希的肩膀。「也是我未來想繼續珍惜的人。」

「這樣不夠啊！」凱希不滿地搥著他的肩膀，抗議道：「我等了這麼多年，不是爲了要聽這一句話耶！」

Z換上正經八百的表情，微微啓唇。凱希點著頭鼓勵他繼續說。

但Z並不是想說話。

他輕輕地傾身，在凱希的額頭吻了一下。

這瞬間，會場的音樂停了。

世界瞬間安靜下來。只剩凱希與Z的呼吸聲。覆蓋在他們周遭的雪白桌巾微微飄蕩，高大的Z與凱希坐在這張偌大的長桌下，凱希卻覺得他們彷彿置身在浪漫的紗幔中。

這片純白的世界，除了他們兩人之外，沒有其他人的身影。

「撤場的人，好像把外面音響拉掉了。」Z想掀開桌巾往外望時，凱希霸道地扯住他的手。

「別管，不關我們的事。」

她吻上他的嘴唇，雙手攀住Z的肩膀。

Z也溫柔地回吻她。

凱希感覺到自己身體的酸楚都在慢慢退去。不管是令她喘不過氣的偏頭痛，還是心上那抹缺乏認同的傷痕。

凱希清醒地想著，倘若現在的Z不在她身旁，而在前往美國的飛機上，她或許會痛上一陣子。

但最後，一定也能好好的。

「我本來就會沒事。」凱希驕傲地想著，回憶著半小時前，從廁所離開、大步走向人群的自己。

戀愛能改變一個女人，無論是成，是敗。女人是成長的生物，是戰鬥的生物，這點絕對不會改變。

凱希滿足地闔上雙眸。

（全文完）

謝謝您購買 III：青春難為：因此我們學會對愛掠奪 這本書！

即日起，詳細填寫本卡各欄，對折免貼郵票寄回，我們每月將抽出一百名回函讀者寄出精美禮物，並享有生日當月購書優惠！

想知道更多更即時的消息，歡迎加入“永續圖書粉絲團”

您也可以利用以下傳真或是掃描圖檔寄回本公司信箱，謝謝。

傳真電話：（02）8647-3660　　信箱：yungjiuh@ms45.hinet.net

☺ 姓名：　　□男　□女　　□單身　□已婚

☺ 生日：　　□非會員　　□已是會員

☺ E-Mail：　　電話：（　）

☺ 地址：

☺ 學歷：□高中及以下　□專科或大學　□研究所以上　□其他

☺ 職業：□學生　□資訊　□製造　□行銷　□服務　□金融

□傳播　□公教　□軍警　□自由　□家管　□其他

☺ 您購買此書的原因：□書名　□作者　□內容　□封面　□其他

☺ 您購買此書地點：　　金額：

☺ 建議改進：□內容　□封面　□版面設計　□其他

您的建議：

廣告回信
基隆郵局登記證
基隆廣字第57號

新北市汐止區大同路三段一九四號九樓之一

大拓文化事業有限公司收

請沿此虛線對折免貼郵票，以膠帶黏貼後寄回，謝謝！